कुछ इश्क़ किया कुछ काम किया

शायरी और कविता-संग्रह

पीयूष मिश्रा

परिचय मुमकिन नहीं, न ही उन्हें पसन्द है। दोस्तों में 'पीयूष भाई' छात्रों में 'सर'। 1983–2003 तक दिल्ली में थियेटर किया। आजकल मुम्बई सिनेमा नगरी में व्यस्त हैं, इस उम्मीद के साथ कि बदलाव वहाँ भी होगा।

लेखक की अन्य किताबें

जब शहर हमारा सोता है (नाटक)
गगन दमामा बाज्यो (नाटक)
वो अब भी पुकारता है (नाटक)
सन् 2025 उर्फ़ इन्सीडेंट एट ट्वाइलाइट (नाट्य रूपांतरण)
तुम मेरी जान हो रज़िया बी (कविता-संग्रह)
मेरे मंच की सरगम (थियेटर के गीत)
आरम्भ है प्रचण्ड (गीत)
तुम्हारी औक़ात क्या है पीयूष मिश्रा (आत्मकथात्मक उपन्यास)

पीयूष मिश्रा

कुछ इश्क़ किया कुछ काम किया

शायरी और कविता-संग्रह

राजकमल पेपरबैक्स

राजकमल पेपरबैक्स में
पहला संस्करण : जनवरी, 2016
पन्द्रहवाँ संस्करण : फरवरी, 2026

राजकमल पेपरबैक्स : उत्कृष्ट साहित्य के जनसुलभ संस्करण

राजकमल प्रकाशन प्रा.लि.
1-बी, नेताजी सुभाष मार्ग, दरियागंज
नई दिल्ली-110 002
द्वारा प्रकाशित

शाखाएँ : अशोक राजपथ, साइंस कॉलेज के सामने, पटना-800 006
पहली मंजिल, दरबारी बिल्डिंग, महात्मा गांधी मार्ग, प्रयागराज-211 001
1, अनमोल सोराबजी सन्तुक लेन, धोबी तलाव, मरीन लाइंस, मुम्बई-400 002

वेबसाइट : www.rajkamalprakashan.com
ई-मेल : info@rajkamalprakashan.com

त्रिकास कम्प्यूटर एंड प्रिंटर्स
ट्रॉनिका सिटी-201 102
द्वारा मुद्रित

मूल्य : ₹250

KUCHH ISHQ KIYA KUCHH KAAM KIYA
Poetry by Piyush Mishra

ISBN : 978-81-267-2843-5

...अरे, जाना कहाँ है एन.के. शर्मा,
अजीत ल्हाने, निखिल वर्मा और मनुऋषि चड्ढा!
...डॉ. दिनेश शर्मा...रवि उपाध्याय!
...या तुम ही बतलाओ साईं कबीर,
इम्तियाज़ अली, रणबीर कपूर!
...या तुम तो हक़ से बतला सकती हो प्रिया नारायणन,
साक्षी तँवर, राबिया नाज़िकी!
...और, तू ज़रा आराम से बतलाना अनुराग कश्यप...!
अभी बहुत दूर तक साथ चलना है...!

—पीयूष मिश्रा

दो शब्द

'कुछ इश्क़ किया कुछ काम किया'—ये मिसरा स्व. फ़ैज़ साहब की मशहूर नज़्म का हिस्सा है। ज़िन्दगी पे इतना फबा कि हक़ से 'चुरा लिया'! ऊपर जा के फ़ैज़ साहब से मुआफ़ी माँग लूँगा।

ज़िन्दगी बड़ी बलबलाती रही! ख़ूंखार...लुभावनी...नमकीन...कराहती-चुटीली...फिर ठहाके...फिर दोहत्थड़...फिर परेशानी...फिर सवालात...फिर नाउम्मीदी...फिर रोशनी...फिर शायद जवाब...लेकिन आधे-अधूरे और फिर मदहोशी...। यानी कि कहाँ जा रहे हैं...कुछ होश नहीं। लेकिन कुल मिलाकर भरपूर या यों कहें कि पूरी तरह से 'पूरी'। वाकई शिकायत नहीं कर सकता।

'स्ट्रगल' उससे भी मज़ेदार रहा। रोटी के पैसे नहीं थे... चिकन खाया। देसी के लाले पड़े थे...प्रीमियम व्हिस्की पी। बस की औकात नहीं थी...ऑटो में बैठे! और मकान का किराया नहीं था तो फाइव स्टार्स से नीचे कभी भाई लोगों ने जाने नहीं दिया! सब यारों की मेहरबानी...। अतुल गुप्ता, अरुण मोटा, गौतम चड्ढा और प्रशान्त दुबे। इस दौर के लिए हमेशा याद आओगे।

रिची, राज भरत, ऐवन रिबैलो और जे.बी. सिंह। बड़े ख़राब दौर में मिले थे यार! बहुत सँभाला! ये 2005 के बाद की ज़िन्दगी तुम्हारी ही दवाओं और दुआओं की देन है। धन्यवाद छोटा शब्द पड़ेगा, बाक़ी कम-से-कम सौ साल जियो राहुल गांधी। (वो वाले 'राहुल गांधी' नहीं... हा-हा-हा!) और मेरी ज़िन्दगी के सबसे पहले परिवार 'एक्ट वन! आर्ट ग्रुप!' अगर तुम नहीं मिलते तो मैं कब का अल्लाह का प्यारा हो चुका होता।

आख़िरी में स्वर्गीय प्रवेश साहनी। बहुत जल्दी चला गया यार! तेरी ये जाने की उम्र नहीं थी।

होश आया तो सिर्फ़ इबादत की वजह से। उससे सन्तुलन मिला। आज ठहराव है! सारे सवालों के जवाब नहीं मिले...लेकिन उम्मीद और भरोसा बहुत

बढ़ चला है। अकेलापन कभी अभिशाप लगता था। आज वरदान है। मौन से...चुप्पी से....ख़ामोशी से प्यार हो चला है। लोगों से ख़ामख़ा क्यों मिलें, इसकी वजह खोजने पर भी नहीं मिलती...। बाक़ी योग, ध्यान, विपश्यना! ज़िन्दाबाद!

पहले उघड़ा बचपन...फिर बेतरतीब जवानी...फिर ख़ूंख़ार थियेटर, फिर लुभावना सिनेमा और अन्त में प्रार्थना...। आगे क्या हो, इसकी तलाश जारी है। ज़िन्दगी में यही सीख मिली कि 'स्वीकार' कर लेना चाहिए! वे ख़ुद के पाप हों या दूसरों के। सुकून मिलना शुरू हो जाता है।

इस किताब में मेरी 1990 से 2010 तक की मानसिकता का ज़िक्र है। तब से पहले तक मैं क्या था...ये सब जानते हैं। उसके बाद क्या हो गया...ये मैं किसी को बतलाना पसन्द नहीं करूँगा। ('मैं' तो ऐसे बोल रहा हूँ, जैसे कि मेरे बारे में जाने बिना दुनिया ही रुक जाएगी! हा.हा..हा...!)

इस किताब का थियेटर और सिनेमा से कोई ताल्लुक नहीं है। न इसकी किसी भी शायरी और कविता को 'अभी तक मेरे द्वारा' संगीतबद्ध किया गया है। ये सिर्फ़ व्यक्तिगत है। आख़िरी का 'लैला-मजनू ऑपेरा' अपवाद है जो फ़िल्म 'आ जा नच लै' में इस्तेमाल हुआ था और पता नहीं क्यों, इस किताब में जगह पा गया!

मेरे ग्वालियर आने पर बहुत ख़याल रखते हो सन्तोष गुप्ता और अरविन्द भदौरिया; इसके लिए धन्यवाद!

और साथ ही आभार समस्त राजकमल परिवार और विशेषत: मेरे दोस्त श्री सत्यानन्द निरुपम का जिन्होंने मेरी ये और अन्य किताबें प्रकाशित करवाने का बीड़ा उठाया।

बाक़ी ये सवाल अब बहुत मुखर और प्रखर हो चुका है कि—

'आख़िर जाना कहाँ है... ?'

—पीयूष मिश्रा

अनुक्रम

कुछ इश्क़ किया कुछ काम किया...

कुछ इश्क़ किया कुछ काम किया... 13

शराब नहीं...शराबियत...यानी अल्कोहलिज़्म...!

शराब नहीं...शराबियत...यानी अल्कोहलिज़्म...! 23

कुछ दर्द उठा कुछ तकरीरें, कुछ कँपे ठहाके इधर-उधर

तुम्हारी औक़ात क्या है पीयूष मिश्रा... 31
मेरी शायरी सिर्फ़ लफ़्फ़ाज़ी है... 33
अरे, जाना कहाँ है...? 34
एक उबलता शेर कहें तो... 35
थैंक यू साहब... 36
जियो अल्लाह मियाँ... 38
मैं हो गया ना...? (मुस्कराते हुए बोल रहा हूँ...) 40
जीना इसी का नाम है... 41
छोटा ख़्वाब क्यों देखे... 43
शर्म कर लो... 44
ये है क्या साली ज़िन्दगी... 45
उन खोई रात की बाँहों में...[गुलज़ार साहब को समर्पित] 47
अरे ओ यार ख़्वाब... 49
25 दिसम्बर, 1999 के एक्सीडेंट के बाद...मैंने वाक़ई सच कहा था... 51
जाम... 53

औरत तुझे सलाम। सब कुछ लौटा रहा हूँ ससम्मान...

प्रियतमा... 57
बड़ी लम्बी कहानी है यार... 59
बूँद का क्या है... 61
कौन किसको क्या पता... 62
इक काली-काली लड़की के लिए... 63

वन नाइट स्टैंड उर्फ़ एक रात्रि का भोग... 66
मेरी सारी प्रेमिकाओं के नाम... 69
लंदन में मिली वो हिन्दुस्तान की लड़की... 71
मुम्बई की सुन्दर-सी लड़की... 73
तुम... (मजाज़ लखनवी को समर्पित) 77
इतनी हसीन क्यों हो कमबख़्त... 80
पाँच साल की बच्ची और रेप... 82
पाँच साल की बच्ची और रेप-2... 85
फीमेल इन्फेंटिसाइड उर्फ़ बालिका हत्या... 87
पराधीन भारत में भगतसिंह... 88
ढाई आखर प्रेम का... 90

झीने झीने...महके महके...सीले सीले...

चाँदनी चौक की फ़ैक्टरी और मज़दूर... 93
अरे पेड़ मत काटो यार... 96
अपना तो ऐसा ही है ख़ुदाक़सम... 98
क्या नखरा है यार... 100
मेरे बड़े बेटे जोश के लिए— जब वो डेढ़ साल के थे... 101
पुरानी दिल्ली की सड़क पे...हौंडा अमेज़... 103

सिनेमा...अगर तुम न होते तो ना जाने कितने बनने से बच जाते और न जाने कितने मरने से...

मुम्बई...सफलता...स्टारडम... 107
तुमने अच्छा कम्पोज़ किया था विशाल भारद्वाज... 110
लेकिन प्रोड्यूसर्स ही बेवकूफ़ निकले... 112
इसको भी रिजेक्ट कर दिया... 113
और साला इसको भी रिजेक्ट कर दिया... 114
गुलज़ार साहब और विशाल भारद्वाज को ससम्मान... 115
जावेद साहब और आर.डी. बर्मन साहब को ससम्मान... 116
अमित त्रिवेदी और हबीब फ़ैज़ल को ससम्मान... 117
आनन्द बख़्शी साहब और अन्नु मलिक साहब को ससम्मान... 118
लैला-मजनू...ऑपेरा... 119
मदरसा (बच्चे लैला-मजनू)... 120
जवानी... 123
लैला-मजनू...जवानी में... 124
तबरेज़ की एंट्री... 126
लैला का घर... 132
कोई पत्थर से न मारे... 136
विदाई... 139

कुछ इश्क़ किया कुछ काम किया...

वो काम भला क्या काम हुआ
जिस काम का बोझा सर पे हो
वो इश्क़ भला क्या इश्क़ हुआ
जिस इश्क़ का चर्चा घर पे हो...

वो काम भला क्या काम हुआ
जो मटर सरीखा हल्का हो
वो इश्क़ भला क्या इश्क़ हुआ
जिसमें ना दूर तहलका हो...

वो काम भला क्या काम हुआ
जिसमें ना जान रगड़ती हो
वो इश्क़ भला क्या इश्क़ हुआ
जिसमें ना बात बिगड़ती हो...

वो काम भला क्या काम हुआ
जिसमें साला दिल रो जाए
वो इश्क़ भला क्या इश्क़ हुआ
जो आसानी से हो जाए...

वो काम भला क्या काम हुआ
जो मज़ा नहीं दे व्हिस्की का
वो इश्क़ भला क्या इश्क़ हुआ
जिसमें ना मौक़ा सिसकी का...

वो काम भला क्या काम हुआ
जिसकी ना शक़्ल 'इबादत' हो
वो इश्क़ भला क्या इश्क़ हुआ
जिसकी दरकार 'इजाज़त' हो...

वो काम भला क्या काम हुआ
जो कहे 'घूम और ठग ले बे'
वो इश्क़ भला क्या इश्क़ हुआ
जो कहे 'चूम और भग ले बे'...

वो काम भला क्या काम हुआ
कि मज़दूरी का धोखा हो
वो इश्क़ भला क्या इश्क़ हुआ
जो मजबूरी का मौक़ा हो...

वो काम भला क्या काम हुआ
जिसमें ना ठसक सिकन्दर की
वो इश्क़ भला क्या इश्क़ हुआ
जिसमें ना ठरक हो अन्दर की...

वो काम भला क्या काम हुआ
जो कड़वी घूँट सरीखा हो
वो इश्क़ भला क्या इश्क़ हुआ
जिसमें सब कुछ ही मीठा हो...

वो काम भला क्या काम हुआ
जो लब की मुस्कां खोता हो
वो इश्क़ भला क्या इश्क़ हुआ
जो सबकी सुन के होता हो...

वो काम भला क्या काम हुआ
जो 'वातानुकूलित' हो बस
वो इश्क़ भला क्या इश्क़ हुआ
जो 'हाँफ के कर दे चित' बस...

वो काम भला क्या काम हुआ
जिसमें ना ढेर पसीना हो
वो इश्क़ भला क्या इश्क़ हुआ
जो ना भीगा ना झीना हो...

वो काम भला क्या काम हुआ
जिसमें ना लहू महकता हो
वो इश्क़ भला क्या इश्क़ हुआ
जो इक चुम्बन में थकता हो...

वो काम भला क्या काम हुआ
जिसमें अमरीका बाप बने
वो इश्क़ भला क्या इश्क़ हुआ
जो वियतनाम का शाप बने...

वो काम भला क्या काम हुआ
जो बिन लादेन को भा जाए
वो इश्क़ भला क्या इश्क़ हुआ
जो चबा...'मुशर्रफ़...' खा जाए...

वो काम भला क्या काम हुआ
जिसमें संसद की रंगरलियाँ
वो इश्क़ भला क्या इश्क़ हुआ
जो रँगे गोधरा की गलियाँ...

वो काम भला क्या काम हुआ
जिसका सामां ख़ुद 'बुश' हो ले
वो इश्क़ भला क्या इश्क़ हुआ
जो एटम-बम से ख़ुश हो ले...

वो काम भला क्या काम हुआ
जो 'दुबई...फोन पे' हो जाए
वो इश्क़ भला क्या इश्क़ हुआ
जो मुम्बई आ के 'खो' जाए...

वो काम भला क्या काम हुआ
जो 'जिम' के बिना अधूरा हो
वो इश्क़ भला क्या इश्क़ हुआ
जो हीरो बन के पूरा हो...

वो काम भला क्या काम हुआ
कि सुस्त ज़िन्दगी हरी लगे
वो इश्क़ भला क्या इश्क़ हुआ
कि 'लेडी मॅकबैथ' परी लगे...

वो काम भला क्या काम हुआ
जिसमें चीख़ों की आशा हो
वो इश्क़ भला क्या इश्क़ हुआ
जो मज़हब रंग और भाषा हो...

वो काम भला क्या काम हुआ
जो ना अन्दर की ख़्वाहिश हो
वो इश्क़ भला क्या इश्क़ हुआ
जो पब्लिक की फ़रमाइश हो...

वो काम भला क्या काम हुआ
जो कम्प्यूटर पे खट्-खट् हो
वो इश्क़ भला क्या इश्क़ हुआ
जिसमें ना चिट्ठी ना ख़त हो...

वो काम भला क्या काम हुआ
जिसमें सरकार हजूरी हो
वो इश्क़ भला क्या इश्क़ हुआ
जिसमें ललकार ज़रूरी हो...

वो काम भला क्या काम हुआ
जो नहीं अकेले दम पे हो
वो इश्क़ भला क्या इश्क़ हुआ
जो ख़तम एक चुम्बन पे हो...

वो काम भला क्या काम हुआ
कि 'हाय जकड़ गई उँगली बस'
वो इश्क़ भला क्या इश्क़ हुआ
कि 'हाय पकड़ ली उँगली बस'..

वो काम भला क्या काम हुआ
कि मनों उबासी मल दी हो
वो इश्क़ भला क्या इश्क़ हुआ
जिसमें जल्दी ही जल्दी हो...

वो काम भला क्या काम हुआ
जो ना साला आनन्द से हो
वो इश्क़ भला क्या इश्क़ हुआ
जो नहीं विवेकानन्द से हो...

वो काम भला क्या काम हुआ
जो चन्द्रशेख आज़ाद ना हो
वो इश्क़ भला क्या इश्क़ हुआ
जो भगत सिंह की याद ना हो...

वो काम भला क्या काम हुआ
कि पाक़ ज़ुबां फ़रमान ना हो
वो इश्क़ भला क्या इश्क़ हुआ
जो गांधी का अरमान ना हो...

वो काम भला क्या काम हुआ
कि खाद में नफ़रत बो दूँ मैं
वो इश्क़ भला क्या इश्क़ हुआ
कि हसरत बोले रो दूँ मैं...

वो काम भला क्या काम हुआ
कि खट्ट तसल्ली हो जाए
वो इश्क़ भला क्या इश्क़ हुआ
कि दिल ना टल्ली हो जाए...

वो काम भला क्या काम हुआ
इन्सान की नीयत ठंडी हो
वो इश्क़ भला क्या इश्क़ हुआ
कि जज़्बातों में मन्दी हो...

वो काम भला क्या काम हुआ
कि क़िस्मत यार पटक मारे
वो इश्क़ भला क्या इश्क़ हुआ
कि दिल मारे ना चटखारे...

वो काम भला क्या काम हुआ
कि कहीं कोई भी तर्क नहीं
वो इश्क़ भला क्या इश्क़ हुआ
कि कढ़ी खीर में फ़र्क़ नहीं...

वो काम भला क्या काम हुआ
चंगेज़ ख़ान को छोड़ दें हम
वो इश्क़ भला क्या इश्क़ हुआ
इक और बाबरी तोड़ दें हम...

वो काम भला क्या काम हुआ
कि आदम बोले मैं ऊँचा
वो इश्क़ भला क्या इश्क़ हुआ
कि हव्वा के घर में सूखा...

वो काम भला क्या काम हुआ
कि एक्टिंग थोड़ी झूल के हो
वो इश्क़ भला क्या इश्क़ हुआ
जो मारलॅन ब्रांडो भूल के हो...

वो काम भला क्या काम हुआ
'परफार्मेंस' अपने बाप का घर
वो इश्क़ भला क्या इश्क़ हुआ
कि मॉडल बोले मैं 'एक्टर'...

वो काम भला क्या काम हुआ
कि टट्टी में भी फैक्स मिले
वो इश्क़ भला क्या इश्क़ हुआ
कि भट्ठी में भी सेक्स मिले...

वो काम भला क्या काम हुआ
हर एक 'बॉब डी नीरो' हो
वो इश्क़ भला क्या इश्क़ हुआ
कि निपट चूतिया हीरो हो...

शराब नहीं...शराबियत...यानी अल्कोहलिज़्म...!

शराब नहीं...शराबियत...यानी अल्कोहलिज़्म...

आदत जिसको समझे हो
वो मर्ज़ कभी बन जाएगा
फिर मर्ज़ की आदत पड़ जाएगी
अर्ज़ ना कुछ कर पाओगे
गर तब्दीली की गुंजाइश ने
साथ दिया तो ठीक सही
पर उसने भी गर छोड़ दिया
तो यार बड़े पछताओगे...

जो बूँद कहीं बोतल की थी
तो साथ वहीं दो पल का था
फिर पता नहीं कब दो पल का वो
साथ सदी में बदल गया...
हम चुप्प बैठके सुन्न गुज़रते
लम्हे को ना समझ सके
वो कब भीगी उन पलकों की
उस सुर्ख़ नमी में बदल गया...
और नींद ना जाने कहाँ गई
उन सहमी सिकुड़ी रातों में
हम सन्नाटे को चीर राख़ से भरा
अँधेरा तकते थे...
फिर सिहर-सिहर फिर काँप-काँप के
थाम कलेजा हाथों में

जिसको ना वापस आना था
वो गया सवेरा तकते थे...
जिसको समझे हो तुम मज़ाक
वो दर्द कभी बन जाएगा
फिर दर्द की आदत पड़ जाएगी
अर्ज़ ना कुछ कर पाओगे...
गर तब्दीली की गुंजाइश ने
साथ दिया तो ठीक सही
पर उसने भी गर छोड़ दिया
तो यार बड़े पछताओगे...

कट–फट के हम बिखर चुके थे
जब तुम आए थे भाई
और सभी रास्ते गुज़र चुके थे
जब तुम आए थे भाई...
वो दौर ना तुमने देखा था
वो क़िस्से ना सुन पाए थे
जिस दौर की आँधी काली थी
जिस दौर के काले साये थे...
उस दौर नशे में ज़ेहन था
उस दौर नशे में ये मन था
उस दौर पेशानी गीली थी
उस दौर पसीने में तन था...
उस दौर में सपने डर लाते
उस दौर दोपहरी सन्नाटा
उस दौर सभी कुछ था भाई
और सच बोलें कुछ भी ना था...
ये नर्म सुरीला नग़मा कड़वी
तर्ज़ कभी बन जाएगा
फिर तर्ज़ की आदत पड़ जाएगी

अर्ज़ ना कुछ कर पाओगे...
गर तब्दीली की गुंजाइश ने
साथ दिया तो ठीक सही
पर उसने भी गर छोड़ दिया तो
यार बड़े पछताओगे...

उस दौर से पहले दौर रहा
जब साथ ज़िन्दगी रहती थी
वो दौर बड़ा पुरज़ोर रहा
जब साथ बंदगी रहती थी...
जब साथ कहकहों का होता
जब बात लतीफ़ों की होती
और शाम महकते ख़्वाबों की
और रात हसीनों की होती...
जब कहे नाज़नीं बोलो साजन
कौन पहर को आऊँ मैं
और हुस्न कहे कि तू मेरा
और तेरा ही हो जाऊँ मैं...
बस मैं पागल ना समझ सका
किस ओर तरफ़ को जाना है
बस जाम ने खींचा, बोतल इतराई
कि तुझको आना है...
मैं मयखाने की ओर चला
ये भूल के पीछे क्या होता
इक नन्हा बचपन सुन्न हिचकियाँ
अटक-अटक के जा रोता...
इक भरी जवानी कसक मार के
चुप चुप बैठी रहती है
और ख़ामोशी से 'खा लेना कुछ'
नम आँखों से कहती है...

उन सहमी सिसकी रातों को मैं
कभी नहीं ना समझ सका...
उन पल्लू ठूँसी फफक फफकती
बातों में ना अटक सका...
ये कभी कभार का काम
अटूटा फ़र्ज़ कभी बन जाएगा
फिर फ़र्ज़ की आदत पड़ जाएगी
अर्ज़ ना कुछ कर पाओगे...
गर तब्दीली की गुंजाइश ने
साथ दिया तो ठीक सही
पर उसने भी गर छोड़ दिया तो
यार बड़े पछताओगे...

वो पछतावे के आँसू भी
मैं साथ नहीं ला पाया था
उन जले पुलों की क्या बोलूँ
जो जला जला के आया था...
वो बोले थे कि देखो इसको
ज़र्द-सर्द इन्सान है ये
इक ज़िन्दा दिल तबियत में बैठा
मुर्दा दिल हैवान है ये...
मैं शर्मसार तो क्या होता
मैं शर्म जला के आया था
उस सुर्ख़ जाम को सुर्ख़ लार में
नहला कर के आया था...
मैं आँख की लाली साथ लहू
मदहोश कहीं पे रहता था
ख़ूँख़ार चुटकुले तंज़ लतीफ़े
बना-बना के कहता था...
ये दर्द को सहने का झूठा

हमदर्द कभी बन जाएगा
हमदर्द की आदत पड़ जाएगी
अर्ज़ ना कुछ कर पाओगे...
गर तब्दीली की गुंजाइश ने
साथ दिया तो ठीक सही
पर उसने भी गर छोड़ दिया तो
यार बड़े पछताओगे...

कुछ दर्द उठा कुछ तकरीरें,
कुछ कँपे ठहाके इधर-उधर

तुम्हारी औक़ात क्या है पीयूष मिश्रा...

सब कुछ तो है
फिर भी क्या है
होकर भी जो ना होता
अचरज करता ये मिज़ाज
मैं ना भी होता क्या होता...

नद्दी नाले बरखा बादल
वैसे के वैसे रहते
पर फिर भी जो ना होता 'वो
जो ना होता' वो क्या होता...

खड़ी ज़िन्दगी मोड़ की पुलिया
पे जा के सुस्ता लेती
धीमी पगडंडी पे बैठा
एक तेज़ रस्ता होता...

पनघट नचता छम्म-छम्म
और जाके रुकता मरघट पे
पनघट के संग मरघट की
जोड़ी का अलग मज़ा होता...

शाम की महफ़िल रात अँधेरे
राख़ बनी मिट्टी होती

ठंडी ग़ज़लें सर्द नज़्म
बस एक शेर सुलगा होता...

आग गई और ताब गई
इन्सां पग्गल-सा नाच उठा
काश कि कल की तरह आज भी
मैं बिफ़रा-बिफ़रा होता...

मेरी शायरी सिर्फ़ लफ़्फ़ाज़ी है...

चर्चे ये शायरी के
सारे तमाम ला
जलती-सी इक रूबाई
तपता कलाम ला...

ग़ज़लें ये मेरी सारी
कब की हैं सड़ चुकीं
ग़ज़लों से भी ज़रूरी
कोई तो काम ला...

शायर की आरज़ू है
महफ़िल उजाड़ दो
शायर की आरज़ू को
मेरा सलाम ला...

इक शेर कह दिया तो
लाखों में बिक गया
लाखों से आगे बढ़ के
कोई तो दाम ला...

अरे, जाना कहाँ है... ?

उस घर से हमको चिढ़ थी जिस घर
हरदम हमें आराम मिला...
उस राह से हमको घिन थी जिस पर
हरदम हमें सलाम मिला...
उस भरे मदरसे से थक बैठे
हरदम जहाँ इनाम मिला...
उस दुकां पे जाना भूल गए
जिस पे सामां बिन दाम मिला...
हम नहीं हाथ को मिला सके
जब मुस्काता शैतान मिला...
और खुलेआम यूँ झूम उठे
जब पहला वो इन्सान मिला...

फिर आज तलक ना समझ सके
कि क्योंकर आख़िर उसी रोज़
वो शहर छोड़ के जाने का
हम को रूखा ऐलान मिला...

एक उबलता शेर कहें तो...

ये कौन देश का शायर है
जो संग में बारूद ढोता है
ये कौन देश की ज़मीं है जिस पे
ग़ज़ल धमाका होता है...
ये कौन देश की महक है जिसमें
ज़हर मिलावट दिखती है
ये कौन देश की चुनरी जिसकी
ग़लत बुनावट दिखती है...
ये कौन देश की दुल्हन है
जिसकी आँखों में सुर्ख़ी है
ये कौन देश की तान है जिसकी
'ठाँय-ठाँय'-सी मुरकी है...
ये कौन देश का हंगामा जो
ख़ाली-ख़ाली लगता है
ये कौन देश का दोपाया जो
लँगड़ाकर के चलता है...
ये कौन देश का इश्क़ कि जिसमें
ख़ंजर ख़ून तरसते हैं
ये कौन देश की सरहद जिस पे
मंज़र ख़ून बरसते हैं...
ये कौन देश के पहलवान पे
सुस्ती छाई रहती है...
ये कौन देश का जलसा जिस में
चुप्पी छाई रहती है...

थैंक यू साहब...

मुँह से निकला वाह-वाह
वो शेर पढ़ा जो साहब ने
उस डेढ़ फीट की आँत में ले के
ज़हर जो मैंने लिक्खा था...

वो दर्द में पटका परेशान सर
पटिया पे जो मारा था
वो भूख बिलखता किसी रात का
पहर जो मैंने लिक्खा था...

वो अजमल था या वो कसाब
कितनी ही लाशें छोड़ गया
वो किस वहशी भगवान ख़ुदा का
कहर जो मैंने लिक्खा था...

शर्म करो और रहम करो
दिल्ली पेशावर बच्चों की
उन बिलख रही माँओं को रोक
ठहर जो मैंने लिक्खा था...

मैं वाक़िफ़ था इन गलियों से
इन मोड़ खड़े चौराहों से
फिर कैसा लगता अलग-थलग-सा
शहर जो मैंने लिक्खा था...

मैं क्या शायर हूँ शेर शाम को
मुर्झा के दम तोड़ गया
जो खिला हुआ था ताज़ा दम
दोपहर जो मैंने लिक्खा था...

जियो अल्लाह मियाँ...

सुबह को झेला
शाम घसीटी
दो-दो पहर को ढोया
रात को आ के मयख़ाने
में ढह गए अल्लाह मियाँ...

इस क़ुदरत का अजब बखेड़ा
क्या रोकूँ क्या टोकूँ
ग़लत बनाई दुनिया मैंने
कह गए अल्लाह मियाँ...

जिगर टटोला नब्ज़ उघाड़ी
कहाँ पे ग़लती हो गई
शर्मनाक फिर एक लहर में
बह गए अल्लाह मियाँ...

नन्हे बचपन आँख पे गोली
अम्माँ डब-डब आँसू
ये मुझको ही सहना है और
सह गए अल्लाह मियाँ...

हैवानों की क़ौम पे थप्पड़
इन्सानों पे थूकें
अब छोड़ो भी क्या मन मसोस के
रह गए अल्लाह मियाँ...

मैं हो गया ना... ? (मुस्कराते हुए बोल रहा हूँ...)

जब मैं नहीं था
बोलते थे कि
नहीं ही पाओगे
मैं बोलता था
मुस्करा के
क्यों रे ये दम भर दिया...
जब हो गया तो
उफ़्फ़ होनी भी
थकन से कह पड़ी
कि तेरे इक
होने की करनी ने
मुझे कम कर दिया...
मैं ख़ूब थी
मैं ख़ाब थी
मेरी छटा के सामने
इन्सान झुकता था सभी
मेरी घटा के सामने...
तू भी तो
इक इन्सान है
तू क्यों कहाँ से आ गया
कि साख
मिट्टी में मिला दी
राख़ में घर घर दिया...

जीना इसी का नाम है...

दर-ब-दर की ठोकरों का लुत्फ़ पूछो क्या सनम
आवारगी को हमने तो अल्लाह समझ लिया... !
ज़िन्दगी से बात की इक कश लिया फिर चल दिये
ज़िन्दगी को धुएँ का छल्ला समझ लिया..
वक़्त से यारी हमारी जम नहीं पाई कभी
वो जो मिला हमको कहीं
बोला वो करता था यही...
कि संग चल ओ यार मेरे संग चल हाँ संग चल
तू छोड़ परवाह और कुछ बस संग चल बस संग चल...
हर आह मीठी हो पड़ेगी जो रहूँगा साथ मैं
हर राह सीधी हो पड़ेगी जो रहूँगा साथ मैं...
मैं पर्वतों के इस सिरे से उस सिरे तक ले चलूँ
कि जिस सिरे पे बैठने का ख़्वाब पाले बैठा तू!
पर क्या बताएँ हमको तो आदत ही कुछ ऐसी पड़ी
वो बात करता रास्तों की हम करे पगडंडी की...
वो जन्नतों की बात करता हम ये कह देते मियाँ
कि दोज़ख़ों का भी लगे हाथों ना ले लें जायज़ा... ?
वो पक गया वो चट गया
फिर एक दिन बोला यही...
कि बिन मेरे तू क्या करेगा
तूने सोचा है कभी... ?
...अब हमने भी फिर ज़ोर डाला थोड़ा-सा दिम्माग़ पर
और बोले क्यों ना कश लगा लें इक तुम्हारी बात पर...

होंठ के आगे ये अंगारा सुलग जो जाएगा
तो आग पे सोचेंगे सोचो लुत्फ़ ही लुत्फ़ आएगा...
वो बोला कि बस पंगा यही
ये आग मुझको दे दे तू
फिर जो कहेगा तेरे क़दमों में पड़ा
है शर्त यूँ...
तो हम भड़क के हट लिये और हम कड़क के फट लिये
कि एक तो तूने हमें निठल्ला समझ लिया...
अरे सौदे हमने भी किए हैं जो हमें तूने यूँ ही
इक नातजुर्बेकार-सा दल्ला समझ लिया...

छोटा ख़्वाब क्यों देखे...

जो काम मंसूबे समेटे
हो रहा वो काम है
जो इत्तेफ़ाकन हो गया तो
बात ही क्या ख़ास है...

है ना कसक ना चाँद को
छूने की कोई हसरतें
बस आ गई तो सो रहो
ये रात भी क्या ख़ास है...

दूजे बदन की क्या ज़रूरत
सर्द गर्मी के लिए
जो दूर से ना हो तो वो
अहसास ही क्या ख़ास है...

धरती पकड़ के फोड़ दूँ
मेरे क़दम में बात है
हो कम ज़रा इससे तो वो
विश्वास ही क्या ख़ास है...

आस मेरी उस फ़लक की
हद को छू के बढ़ गई
ये पाँच फ़ीट और कुछ पलों की
आस भी क्या ख़ास है...

शर्म कर लो...

ज़िन्दा हो हाँ तुम कोई शक नहीं
साँस लेते हुए देखा मैंने भी है
हाथ औ' पैरों और जिस्म को हरकतें
ख़ूब देते हुए देखा मैंने भी है...
अब भले ही ये करते हुए होंठ तुम
दर्द सहते हुए सख़्त सी लेते हो
अब है इतना भी कम क्या तुम्हारे लिए
ख़ूब अपनी समझ में तो जी लेते हो...
गहराती रातों में उठती कराहट को
अन्दर ही अन्दर दबाते तो होगे
अगली सुबह फिर बरसने को बेताब
कोड़ों को दिल में सजाते तो होगे...
ज़माने की ठोकर को सह के सड़क पे यूँ
चीख़ों की ज़हमत उठाते तो होगे
रोते से चेहरे पे लटकी-सी गर्दन का
थोड़ा इजाफ़ा बढ़ाते तो होगे...
सोचा कभी है कि ज़िन्दा यूँ रहने के
मतलब के माने हैं कैसे कहीं...
ज़िन्दा यूँ रहने के माने पे थूकें जो
ज़िन्दा यूँ रहने का मतलब यही...
बदबू को बलगम को ख़ुशबू की मरहम
बता के भरम में हो मल-मल रहे
कीड़ा है वो संग कीड़ों की दुनिया में
कीड़ा ही बन के जो हर पल रहे...

ये है क्या साली ज़िन्दगी...

एक पल की मुस्कराहट
एक पल उम्मीद का
बस ये ही कर देता है यारां
फैसला तक़दीर का...
तक़दीर जिसके हुक्म से हम
संग जन्मे हैं सभी
कि रंज ग़म और तंज में हम
बन्द जन्मे हैं सभी...
आये हैं माँ के पेट से तो
एक ही हसरत लिये
कि क्या है माने ज़िन्दगी का
ये ही इक मक़सद लिये...
आज पटका है ज़मीं पे
मौत कल ले जाएगी
तो क्या कहानी ये ही इतनी
सी यहाँ रह जाएगी... ?
क्यों आए थे क्यों जाएँगे
ये भी किसी को याद है
कि काश जल्दी ना मरें
बस ये बची फ़रियाद है... ?
लम्बी उमर भी ले सनम हम
किस तरफ़ को भागते
जो रात आती सो रहो

जो दिन खुले तो जागते... ?
इस अंध अंधी ज़िन्दगी में
ये ही बस कर जाएँगे
कि चन्द दिन ज़िन्दा रहे और
एक दिन मर जाएँगे... ?
आओ ज़रा-सा वक़्त है कि
इस ज़िरह से छूट लें
तक़दीर में लिक्खा है क्या
तक़दीर से ही पूछ लें...
पर मैं बता दूँ दम लगेगा
इस सुलगते काम में
कि क्या समझ के आए थे
और क्या हुआ अंजाम में...
आख़िर ख़ुदा ने क्यों बनाया
जान कर पहचान कर
कि हाड़-मांसों का ये चेहरा
क्यों दिया है जान कर...
तो जान लें कुछ बूझ लें
इसके लिए है ज़िन्दगी
जो ज़िन्दगी है बेसबब
किसके लिए है ज़िन्दगी...
तो थम के सोचें इन सवालों को
ज़रा-सा खोल दें
हों लफ़्ज़ झूठे ही सही चुप
ना रहें बस बोल दें...

उन खोई रात की बाँहों में...

[गुलज़ार साहब को समर्पित]

उन खोई रात की बाँहों में
जब दर्द ठुमककर चलता है
तो मैं देखूँ चुपचाप उसे
वो चीज़ भला है क्या कैसी...
जब लिये हाथ में लालटेन
वो हर घर में जा बसता है
तो मैं सोचूँ इसकी नीयत है
आज खरी या कल जैसी...
वो टक-टक करता लठिया को
झींगुर की बस्ती के पीछे
फिर मरघट वाले झाड़ को लाँघे
कुएँ पे जा टिकता है...
फिर इधर-उधर को आस-भरी
नज़रों से यूँ ही देख-देख
वो ऊँघ लगाता कुछ अलसाता
लिये उबासी उठता है...
जब जाऊँ पीछे उसके तो
पीछे मुड़-मुड़ के तकता है
फिर पुती राख़ के औघड़-सा
कुछ मुँह-ही-मुँह में जपता है...
फिर धीमे-धीमे मुझ तक आकर
सधे तने क़दमों से वो

यूँ बीच निकल के पीछे को
इक धुत्त रीछ–सा बढ़ता है...
उसकी भभकी से सराबोर
मैं घर को वापस आता हूँ
और ढेर पसीना चिपकाए बस
बैठा–सा रह जाता हूँ...
फिर चैन नहीं पड़ता मुझको मैं
उठकर फिर से खिड़की को
बस खोल अँधेरे को नज़रों से
चीर–फाड़कर जाता हूँ...
वो दूर कहीं पर्वत की चोटी
पे दिखता इक जुगनू–सा
या लैला की हर खोज बन्द
करके बैठा इक मजनू–सा...
और वहीं नज़र है टकराती
नज़रों में गड़ के चीर–चीर
इक पलक देखता है मुझको कि
दम को साधे हो फकीर...
फिर धीमे हुंकारे की तान
उसके मुँह से यूँ बहती है
मैं चौंक–चौंककर उठ बैठूँ
क्या नींद ये सपना कहती है...
मैं दिन को काटे छान दुपहरिया
शाम खोदता आता हूँ
और खोई रात की बाँहों में
फिर 'दर्द–खोज' को जाता हूँ...

अरे ओ यार ख़्वाब...

क्या करोगे ख़्वाब मेरी
रात में आकर के तुम...
मैं तो कभी का जग गया
तुमको लगा मैं सो रहा
मैं तो कभी का मिल गया
तुमको लगा मैं खो रहा...
हाँ चाँद मैंने खो दिया
इस सिलसिले इस दौर में
गर दे सको तो चाँद मेरा
दो मुझे लाकर के तुम...
क्या करोगे ख़्वाब मेरी
रात में आकर के तुम...

वो जंग जो हम में छिड़ी थी
याद होगी कुछ कहीं
वो तंज तक़रारें वो वादे
कुछ यहीं और कुछ वहीं...
मुझको तो हर इक बात यादों
में बसी है यार पर
छोड़ो बड़ा मुश्किल करोगे याद
क्या खाकर के तुम...
क्या करोगे ख़्वाब मेरी
रात में आकर के तुम...

तुमको लगा कि कुछ सुकूं
तुम दे सकोगे रात–भर
मुझको नहीं है पर भरोसा
अब तुम्हारी बात पर
इन सैकड़ों रातों में मुझको
आज तक भाए नहीं
फिर क्या करोगे यार बस
इक रात में भा करके तुम...
क्या करोगे ख़्वाब मेरी
रात में आकर के तुम...

25 दिसम्बर, 1999 के एक्सीडेंट के बाद... मैंने वाक़ई सच कहा था...

हम क्या करें कि यार अब तो
थक गए जो सच कहें...

चले बहुत मगर किसी के
संग साथ के बिना
जो रुक भी गर गए तो यूँ ही
ढंग की बात के बिना...
चुप्पियों की राय से
मुमकिन मुकाम था मगर
आवाज़ की सलाहें ले के
पक गए जो सच कहें...
हम क्या करें कि यार अब तो
थक गए जो सच कहें...

कभी जो इस तरफ़ की बात
ठीक-ठाक-सी लगी
तो बढ़ गए उसी तरफ़
क़दम को देके रास्ता...
बेहोश जो पड़े मिले
तो फिर ना ये समझ सके
कि किस गली गए या किस

सड़क गए जो सच कहें...
हम क्या करें कि यार अब तो
थक गए जो सच कहें...

सनम की माँग इस क़दर
को बढ़ चली थी कि कभी
गुमान ही नहीं रहा
कि हद कहाँ निकल गई...
जो आज सोचा तो लगा
थोड़ा सुकूने-दिल तो है
ये ठीक ही हुआ वहीं पे
रुक गए तो सच कहें...
हम क्या करें कि यार अब तो
थक गए जो सच कहें...

फ़ितरतों पे यार अपनी
हाय थी शैतान की
जंग दिल की थी हमें पर
खोज थी मैदान की...
ख़ैर ही बस रह गई कि
वक़्त आ के कह गया
कि मर चुके थे आज मियाँ
बच गए तो सच कहें...
हम क्या करें कि यार अब तो
थक गए जो सच कहें...

जाम...

इक चुस्की का सफ़र तो जा के
दस हिचकी पे ख़तम हुआ
ये जुर्म जाम का था या मैंने
निगल लिया था मयख़ाना...
ये मदहोशी का आलम था
या सरगोशी की ख़ा़मोशी
या आवाज़ों के शोर में घिर के
भूल गया था पैमाना...

औरत तुझे सलाम।

सब कुछ लौटा रहा हूँ ससम्मान...

प्रियतमा...

'प्रिय' को जो
'तम' के संग में
भोगरत देखा
तो सच में
'प्रियतमा' का नाम
उस दिन
याद से है
मिट गया... !
रिक्त आँखें
ले के यूँ
हो के तिरस्कृत
सोचते
क्या ये ही था
वो प्रेम क्षणभंगुर
जो क्षण में
मिट गया... ?
इस प्रेम की
सीमा को हमने
क़ैद रीतों
में किया
तो रीत की
सीमा बदलते
साथ ये

मर मिट गया... ?
ये प्रेम था या
ये शरीरों
की भभकती
आग थी
वो आग जो जब
बुझ गई
तो ये भी संग
कट-पिट गया... ?

बड़ी लम्बी कहानी है यार...

ये दास्तां लम्बी कि इतनी
बीच में थक जाऊँगा
तुम क्या सुनोगी कब तलक
मैं क्या बयां कर पाऊँगा... !
अब देख लेते हैं कि जानम
साथ में उम्मीद का
ये पल सुनहरा मिल गया है
इत्तेफ़ाक़न नींद का...
तुम आँख मूँदे सो रहो
मैं भी ज़ुबां को तब तलक
अच्छे से दूँ कुछ लफ़्ज़ वर्ना
बदज़ुबां हो जाऊँगा...
तुम क्या सुनोगी कब तलक
मैं क्या बयां कर पाऊँगा... !
ये रात है लम्बी इतनी कि
ख़्वाब में कट जाएगी
कि दास्तानें बढ़ चलेंगी
नींद भी ना आएगी...
तुम नींद की चिन्ता करो ना
आज वादा है मेरा
तुम सोच भी सकतीं नहीं मैं
क्या सुनाकर जाऊँगा..
तुम क्या सुनोगी कब तलक

मैं क्या बयां कर पाऊँगा...!
कह सका जो मैं नहीं इस
इक सदी की रात में
अल्फ़ाज़ टूटे-से हुए गुम
इक ज़ुबां की बात में...
बस सब्र ये ही है कि आख़िर
तुम तलक तो जाएगी
फिर कौन किस को कब कहाँ
मैं क्या बता ही पाऊँगा...
ये दास्तां लम्बी कि इतनी
बीच में थक जाऊँगा
तुम क्या सुनोगी कब तलक
मैं क्या बयां कर पाऊँगा...

बूँद का क्या है...

एक बरखा की दो बूँदें
चल पड़ी थीं हलके-हलके
एक तो जंगल में गिर गई
दूजी ले गई हवाएँ...
देख के बादल ये बोले
ओ सहेली ग़म ना कर तू
दोनों को एक दिन है मिटना
दोनों जो भी जहाँ हैं...

एक निंदिया की दो पलकें
सो चुकी थीं हलके-हलके
एक को तो सपने ले गए
दूजी ख़ुद को जगाए...
देख के रातें ये बोलीं
ओ सहेली ग़म ना कर तू
दोनों टूटेंगी सुबह को
दोनों जो भी जहाँ हैं...

कौन किसको क्या पता...

आज तुम ना आओगी
कल मैं ही ना मिल पाऊँगा
फिर बाद परसों आ गईं
तो कौन किसको क्या पता...

आज छू ना पाओगी
कल मैं सिमट-सा जाऊँगा
फिर बाद परसों छू लिया
तो कौन किसको क्या पता...

आज की बातों को कल पे
छोड़कर तुम ख़ुश रहो
फिर बाद बातें ना रहेंगी
कौन किसको क्या पता...

क्या सिला तुम सोचतीं
या क्या गिला तुम सोचतीं
क्या दिल में ला तुम सोचती हो
कौन किसको क्या पता...

इक काली-काली लड़की के लिए...

इस रंग से सृष्टि बनी
इस रंग में सृष्टि ढली
इस रंग की ये अहमियत
क्या तुमने जानी है कभी... ?

इस रंग पे मीरा मरी
इस रंग पे राधा मिटी
क्या जान पाईं तुम तुम्हारे
रंग के माने कभी... ?

इस रंग को तुम पालकर
इस रंग को तुम पोसकर
उँगली की पोरों से जो छूना
तो ज़रा सँभालकर...
ऐसा नहीं कि रंग मैला हो पड़ेगा
ना ना ना
पर मिट ना जाए ये कहीं
इस भक् दहकते गाल पर...

होंठों को अपने खोलकर
बस तर-ब-तर रखना सदा
जिससे कि जलती कामना का
स्वयंवर होता रहे...

आँखों को अपनी मूँदकर
भर-भर के भर रखना सदा
जिससे कि उमड़े ज्वार को
फटने का डर होता रहे...

साँसों की अपनी भाप को
इक साँस ले के छोड़ना
जिससे तुम्हारे 'पी' को जल पड़ने
का भय हो कम से कम...
ख़ुद को तपाना जब सुलग के
सुर्ख़ अंगारा बनो
तो फिर लिपट जाना ये भूले
वो हुआ या तुम भसम...

पर तुम अजब हो तुम कभी
तो दूर देहातिन लगो
कमनीय काया पर लपेटे
एक कपड़ा पीत-सा...
जो धान कूटे पैर से
और ज्वार काटे हाथ से
इन श्याम वक्षों के थिरकते
कम्पनों के गीत-सा...

और फिर कभी तुम मेम-सी
लचकी मटकती नार हो
इक तंग साड़ी में कसी
ख़ुशबू बिखरे सेब-सी...
और चाय के गिल्लास को
धीरे से रखती सामने
कि 'आपकी है' बोलकर के
सर झुकाए देखती...

पर मैं बताऊँ कि मुझे
सबसे पसन्द क्या रूप है
गड़-गड़ पसीना जब तुम्हारा
भरता नाभि-कूप है...
कि रात में जैसे समन्दर
चल पड़ा आखेट पे
बस जी करे कि सोख लूँ
इस आबनूसी पेट से...

पर बँध ना जाना तुम सखी
बन्धन हमेशा विष भरा
और 'पी कहाँ' की टेर भी ना
देना तुम आकाश में...
अरे पी तुम्हारे संग में हैं
अंग में है बावरी
देखो तो कैसे कह रहे हैं
'काश मैं' और 'काश मैं'...

वन नाइट स्टैंड उर्फ़ एक रात्रि का भोग...

ख़त्म हो चुकी है जान
रात ये क़रार की
वो देख रोशनी ने इल्तिजा
ये बार-बार की...
जो रात थी तो बात थी
जो रात ही चली गई
तो बात भी वो रात ही के
साथ ही चली गई...
तलाश भी नहीं रही
सवेरे अब मुकाम की
अँधेरे के निशान की
अँधेरे के गुमान की...
याद है तो बस मुझे वो
साँस की छुअन तेरी
याद है तो बस मुझे
होंठ की चुभन तेरी...
वो सिसकियों के दौर की
महक ही अब बची हुई
वो 'और और और' की
दहक ही अब बची हुई...
ये ठीक ही हुआ जो जान
भूल से मिरी नज़र
मुआयना तेरी शकल का

कर ना पाई रात भर...
जो कर जो पाती रात भर
तो दूसरी ही बात थी
हरेक दिन में फिर तो बस
वही पुरानी रात थी...
जो चाहता था मैं नहीं
ना चाहता हूँ आज भी
क़रार एक रात का
निबाहता हूँ आज भी...
क़रार एक रात का भी
जो निभा लें जान हम
तो ज़िन्दगी बनी रहे
या ना रहे किसे है ग़म...
यक़ीन से हूँ बोलता
यही क़रारे ज़िन्दगी
यक़ीन से हूँ बोलता
यही क़रारे बन्दगी...
जो बन्दगी है ये क़रार
तो सवाल फिर उठे
कि 'और क्या' हाँ 'और क्या'
यही ख़याल फिर उठे...
तो देखें इस ख़याल का
तो देखें इस सवाल का
कोई जवाब ढूँढ़कर के
ला सकें कमाल का...
तरीक़ा एक ही है जान रात के किसी पहर
जो तेरे घर के उस तरफ़
बजे कोई बड़ा गजर...
तो आना जान आज फिर
उसी पुरानी राह से

मिले थे दोनों कल जहाँ
अँधेरे की सलाह से...
करेंगे फिर हिसाब
साँस-धड़कनों के साथ का
लिखेंगे फिर क़रार और
इक अँधेरी रात का...

मेरी सारी प्रेमिकाओं के नाम...

जितना बचपन सच...उतना ही प्रेम निवेदन भी सच है
और प्रेम निवेदन सच है...तभी ये चंचल यौवन भी सच है
और यौवन जो गर सच है तो फिर प्रौढ़ वर्ष भी सच होंगे
और प्रौढ़ वर्ष जब सच होंगे तो सच होगा उनके संग में
कुछ गिरे दाँत और पोंपल मुँह
और कँपती देह की थरर-थरर...
तुम गड़-गड़ बुढ़िया बन जाओगी
सीना ढल-ढल-ढल जाएगा...
ये तने उरोजों की चोटी जब हाँफ रही होगी थक के
और श्याम रंग ये चमकीला जब
बीता कल कल बन जाएगा...
क्षीण कटि सम्भव है इतनी क्षीण नहीं रह पाए सखी...
और कसे नितम्बों की थिरकन की ताल ख़तम हो जाए सखी
सूँड़-सी चिकनी जंघा में जब पड़ी दरारें होंगी हाँ
और स्याह केश में चाँदी की अनगिनत कतारें होंगी हाँ...
'पी' सारे तब तक दूरी पर छिटक चुके होंगे तुम से
जो होंगे वो कर्तव्य बँधे मृत्यु की आस में गुमसुम से...
तुम कहीं किसी मुँडेर पे बैठी
घुप्प अँधेरा ताकोगी
जिसमें गुम होंगे कितने पल
जो बीत गए सालों पहले
कुछ याद रहे कुछ भूल गए
नाती-पोतों की पैं-पैं में

कुछ निपट गए कुछ झूल गए...
फिर तुम गुमसुम-सी सीढ़ी पर
धीमे-धीमे से उतरोगी
इक ज़ंग लगा सन्दूक खींचकर
कुछ-कुछ-कुछ-कुछ ढूँढ़ोगी
और हाथ पड़ेंगे ये पन्ने जो
सालों पहले लिखे गए
कुछ धुँधले अक्षर...शब्द अधूरे
सुने गए कुछ पढ़े गए...
कुछ धुँधली यादें धुँधले मौसम धुँधली बातें तैरेंगी
और मुस्कानों में भीग-भीग पलकों पे साँसें तैरेंगी...
और तभी कहीं इक तुतलाती आवाज़ लगेगी 'दादी माँ'
तुम गाल पे ढुलके आँसू को धीमे से पोंछ के उठ लोगी...
जो बीत गया वो क्यों बीता ये कसक साथ में ले के तुम
उस नन्हे बचपन को गोदी में चिपका-चिपका घूमोगी...
और तब आएगा याद तुम्हें कि
कभी किसी ने बोला था
कि यौवन उतना सत्य नहीं वो एक बार ही आता है
इक बचपन ही है जो सृष्टि के आदि अन्त तक जाता है
यौवन तो सारा बीत चला पर बचपन होगा कहीं बचा
गर ढूँढ़ोगी मिल जाएगा मेरे पन्नों-सा मुड़ा-तुड़ा
उसको गर ज़िन्दा रख पाईं इस बड़े काल के अन्तर में
तो प्रेम निवेदन सारे ज़िन्दा हो जाएँगे पल भर में
क्योंकि...
जितना बचपन सच उतना ही प्रेम निवेदन भी सच है
और प्रेम निवेदन सच है...तभी ये चंचल यौवन भी सच है
और यौवन जो गर सच है तो फिर प्रौढ़ वर्ष भी सच होंगे
और प्रौढ़ वर्ष जब सच होंगे तो सच होगा उनके संग में
कुछ गिरे दाँत और पोंपल मुँह और कँपती देह की थरर-थरर...

लंदन में मिली वो हिन्दुस्तान की लड़की...

क्या बदल गईं या पिघल गईं या
गिरते-गिरते सँभल गईं
या सँभल-सँभल के गिरने का
अन्दाज़ पुराना वो ही है...

क्या अब भी उतना हँसती हो या
हँसते-हँसते रोती हो
या रोते-रोते हँसने में
एतराज़ पुराना वो ही है...

क्या ज़ुल्फ़ घनी या कटे बाल या
इंग्लिस्तानी लगती हो
या सर पे रहता था जूड़े का ताज
पुराना वो ही है...

क्या लिबास में तब्दीली
स्कर्ट फिरंगी लाई है
या साड़ी को कसने का जो था
राज़ पुराना वो ही है...

अंग्रेज़ क़लम से 'सर' को ना मालूम
कि कैसे लिक्खोगी
या 'सर' लिखने में इस्तेमाल
अल्फ़ाज़ पुराना वो ही है...

क्या नई हवा में नए साज़ की
सरगम थोड़ी बदली है
या घुप्प अँधेरे से डरता था
साज़ पुराना वो ही है...

क्या उजली कोयल, नए कबूतर
बगुलों से भी मिलती हो
या रात परेशां करने आता
बाज़ पुराना वो ही है...

जो बीता कल था बीत चुका
और अगला पल मालूम नहीं
पर आज अभी इस वक़्त हमारा
आज पुराना वो ही है...!

मुम्बई की सुन्दर-सी लड़की...

इस मुम्बई नाम के सागर में
एक सुन्दर लड़की रहती थी
जो हँसती थोड़ा कम ही थी
बस अक़्सर रोती रहती थी...

मैं कभी जो जाता पास तो वो
पत्ते-सी थर-थर कँपती थी
और कभी जो रहता दूर तो
'आप कहाँ थे' रोती कहती थी

जो कभी उसे डाँटा तो वो
'क्यों डाँटा' बोल बिलखती थी
और ना डाँटो तो सहम के
'क्या नाराज़ हैं' कह के तकती थी...

मैं कहता 'देखो बात सुनो'
वो हिरणी नज़र उठा देती
मैं कहता 'ना...कुछ ख़ास नहीं'
वो भीगी पलक झुका देती...

मैं पीठ को थपकी देता तो वो
हिलक-हिलक-सी आती थी
मैं माथे को चूमूँ तो वो बस
हिचकी में बँध जाती थी...

वो अक़्सर चुप हो गोदी में
इक छोटा तकिया रखती थी
और गुमसुम सुन्न निगाहों से
कमरे का कोना तकती थी...

ठोढ़ी को थामे नरम उँगलियाँ
और नरम हो आती थीं
और बालों की दो-चार लटें
यूँ होंठ कभी छू जाती थीं...

मैं सर पर अपने मार दो हत्थड़
कुछ भी तो कह जाता था
फिर क्या बोलूँ क्या समझाऊँ
ये सोच के चुप रह जाता था...

अक़्सर उन काली आँखों में
घनघोर बवंडर दिखता था
उस चुप्प-चुप्प ख़ामोशी में भी
कुछ-कुछ अन्दर दिखता था...

मैं जानूँ था उसके अन्दर
झकझोर समन्दर बहता है
जो लहर थपेड़ों से जूझे
और लहर थपेड़े सहता है...

अपनी मासूम समझ में उसने
उन पर बाँध बनाया था
पर पत्थर ग़लत लगाए थे
तो ख़ास काम ना आया था...

काश समय की दौड़ में मुझको
थोड़ा पहले मिलतीं जो
हर मील के पत्थर के आगे को
खड़ा मैं मिलता 'बोलो तो...'

जिसका ये मतलब क़तई नहीं
कि सब कुछ पीछे छूटा हो
ये समय कोई इन्सान नहीं
जो बात-बात में रूठा हो...

मैं तुमको थपकी दे सकता
तुम मुझको थपकी दे सकतीं
और इक पल को ब्रह्मांड भूलकर
सुख की झपकी ले सकतीं...

जिसका ये मतलब कभी नहीं कि
अर्थ तुम्हें कुछ और लगे
कि हर साथी की तुलना में ये
साथ तुम्हें 'इक और' लगे...

ये जीवन बस इक दौर सखी
जिससे हर क़ौम गुज़रती है
ये झिलमिल आँसू कहीं ना हों
बस ये ही आस उभरती है...

लँगड़े की दूजी टाँग बने
अन्धे की दोनों आँख बने
चुम्बन की भाषा लाखों हैं
ये हम पे है कि किसे चुनें

तुम जहाँ रहो ये सोच रहे
कि और भी कोई रहता है
जो तुम रोतीं वो रोता ना
पर हर इक आँसू सहता है...

जो कभी सिसकतीं तुम तो हर इक
सिसकी का एहसास उसे
अपनी आँखों से गिरे हरेक
आँसू के मानो पास उसे...

और कभी खनकती हँसी में डूबा
एक ठहाका मारो तुम
तो खुश होता वो पगला कर के
मानो या ना मानो तुम...

और मालूम तुम को कि 'क्यों' क्योंकि वो
'प्यार नाम' को जाने है
जिस प्यार नाम के लफ़्ज़ से सारे
उतने ही अनजाने हैं...

कुछ को वो दिखता क्षीण कीट में
कुछ को मांसल बाँहों में
कुछ वो दिखता पुष्ट उरोजों
कुछ वो कदली जाँघों में...

मैं हँस पड़ता जब वो कहते
अभिसार बिना है प्यार नहीं
अभिसार प्यार से हो सकता
पर प्यार बिना अभिसार नहीं...

तुम...

[मजाज़ लखनवी साहब की 'आवारा' को समर्पित...!]

तुम ख़्वाब हो या नींद या कि
मखमली गुलाब हो
तुम वहम हो या तेज़ तीखी
गुदगुदी शराब हो
पानी की छींटी बूँद हो या
फिर भभकती आग हो
अब तुम कहो कि क्या कहूँ तुमको मैं जानेमन मेरी...

मुझको कभी लगता कि तुम बस
मेरे संग आबाद हो
या फिर कभी है ये लगे
तुम हर जगह बरबाद हो
अम्माँ सरीखी फिर लगो
छोटी बहन की याद हो
अब तुम कहो कि क्या कहूँ तुमको मैं जानेमन मेरी...

तुम वायदा हो वो कि जिसको
भूलना मुमकिन नहीं
तुम भूल हो जिसको कभी मैं
यूँ ही कर बैठा कहीं
तुम वो हो अन्दाज़ा जो हर इक
दौर में निकला सही
अब तुम कहो कि क्या कहूँ तुमको मैं जानेमन मेरी...

तुम ख़ून माँगे हो मुझे मालूम
तुम डायन-सी हो
तुम आस को विश्वास को
तोड़े ढके दर्पन-सी हो
तुम झूठ भी हो बोलतीं
लगता कि जैसे मन से हो
अब तुम कहो कि क्या कहूँ तुमको मैं जानेमन मेरी...

तुम काश कि बिटिया मेरी
होके जनम लेतीं कहीं
मैं चूम करके भींच करके
फफक रो लेता वहीं
माशूक हो के मिल गईं
शायद ये क़िस्मत ने कही
अब तुम कहो कि क्या कहूँ तुमको मैं जानेमन मेरी...

तुम हर झलक धोखा सही
पर तुम मेरी हो जानेमन
तुम हर पलक मेरी नहीं
पर तुम मेरी हो जानेमन
तुम कल तलक से कल तलक
भी मेरी ही हो जानेमन
अब तुम कहो कि क्या कहूँ तुमको मैं जानेमन मेरी...

मैं रात को रो-रो के पड़ता
काश तुम ये जानतीं
मैं सैर वीरानों की करता
काश तुम ये जानतीं
मैं बात दीवानों-सी करता

काश तुम ये जानतीं
अब तुम कहो कि क्या कहूँ तुमको मैं जानेमन मेरी...

तुमको तुम्हारे हाल पे छोड़ूँ
मिरी हिम्मत नहीं
तुमको मैं मुट्ठी में जकड़ लूँ
ये मिरी हसरत नहीं
तुमको मिटा कहूँ याद से
इस पे है मेरा बस नहीं
अब तुम कहो कि क्या कहूँ तुमको मैं जानेमन मेरी...

कल एक मुल्ला 'इश्क़' बोला
मैं तो समझा कुछ नहीं
फिर एक पंडित 'प्रेम' बोला
मैं ये बोला कुछ नहीं
फिर जो तुम्हें देखा तो बोला
'बस यहीं और बस यहीं'
अब तुम कहो कि क्या कहूँ तुमको मैं जानेमन मेरी...

इतनी हसीन क्यों हो कमबख़्त...

मैं तो परेशां हूँ
क्या लिखूँ हक़ीक़त में
जो क़लम उठाऊँ तो सामने खड़ी हो तुम...

ये तो बता दो कि
क्या हुआ तबियत में
ओस में नहाई या
धूप में भरी हो तुम...

मैं तो ये समझा हूँ
क्या रखा नसीहत में
रतजगे से अलसाई या
शोख़ जल परी हो तुम...

मेरे ख़यालों के
भोर के उजालों में
अधमुँदी-सी आँखों में
शाम अधखिली हो तुम...

मेरी दीवाली के
झाँकते चिराग़ों में
एक जगमगाई-सी
चाँद फुलझड़ी हो तुम...

हैरां हूँ कैसे कि
कुदरतों की नीयत में
उस ख़ुदा के ख़्वाबों में
नींद एक नई हो तुम...

पाँच साल की बच्ची और रेप...

क्यों आते हो अंकल
मुझको डर लगता है... !

जब शाम ये गहरी आती है
मैं चौंक-चौंक-सी जाती हूँ
फिर सहम-सिकुड़ के
सिहर-सिहर के
टाँगों को यूँ आपस में ही
जोड़-जाड़ के जकड़-जकड़ के
बैठी-सी रह जाती हूँ...
क्यों आते हो अंकल
मुझको डर लगता है...

फिर आँखों को यूँ मींचमाँच के
पेशानी पे आई पसीना बूँदों को
मैं पिघलाकर के
पोंछ-पाँछ के...हिलक-हिलक के
हिच्च-हिच्च रो जाती हूँ...
क्यों आते हो अंकल
मुझको डर लगता है...

उस बन्द पलक के
उबले आँसू
हाय सिसकती डब-डब को मैं
कोशिश करके
रुका-रुका के
हलक से निकली ख़ौफ़ज़दा
उस चीख़ को ऐसे
दबा-दबा के
ढहती-ढहती जाती हूँ...
क्यों आते हो अंकल
मुझको डर लगता है...
कि डर लगता है अंकल
मुझको डर लगता है...

तुम चचाज़ाद हो
या मामा या
ताऊ के छोटे भाई हो
अम्माँ हँस के कल बोल रही थीं
उनके दूर जँवाई हो...
तुम ज़हर जलेबी लाते हो
मैं खा तो उसको जाती हूँ
पर गाल पे मसले
नाखूनों की टीस को
यूँ ही भींच-भाँच के
रोती-सी रह जाती हूँ...!
अंकल बस इतना
ध्यान करो
कि कहीं तुम्हारे घर में भी
एक छोटी-सी बच्ची होगी
जो नहीं सहन कर पाएगी जो

मेरे साथ में करते हो...
अंकल बस इतना
ध्यान करो
मैं उतनी ही छोटी-सी हूँ
जिस पे मर्दाना छाप लगा के
मर्द नाम दम भरते हो...
क्यों आते हो अंकल
मुझको डर लगता है...!

पाँच साल की बच्ची और रेप-2

देखो अंकल...मैं छोटी-सी हूँ...
ये खराशें...सह ना पाऊँ
चीख़े बिन अब...रह ना पाऊँ...
मेरी बातें...नन्ही-मुन्नी
चाहकर भी...कह ना पाऊँ
कोई बच्ची तो तुम्हारे
घर भी होगी याद कर लो...
जो हुआ है साथ मेरे
वो ही उसके साथ गर हो
दर्द होता ना करो मैं
रोती-रोती सी हूँ...!
देखो अंकल...मैं छोटी-सी हूँ...

मेरे जैसी...ही किसी की
कोख ने...तुमको बनाया
नौ महीने...के नरक में
ख़ून खाना...है खिलाया
फिर तुम्हें...इनसानियत का
हर पहाड़ा...है पढ़ाया
फिर पसीना...जोत कर के
तुमको जीना...है सिखाया
मेरे छोटे...ज़िस्म पे
मर्दानगी की...छाप मारो

गदबदाए होंठ पे तुम
भर ठहाका दाँत मारो
ईश्वर भी रो पड़ा है
शर्म कर लो शर्मसारो
हर घड़ी क्यों हर सदी
मैं घोंटी-घोंटी-सी हूँ...
देखो अंकल...मैं छोटी-सी हूँ...

फीमेल इन्फेंटिसाइड उर्फ़ बालिका हत्या

सपना ये नन्हा-सा कि जिसका ख़ात्मा हमने किया
उन टेंटुओं को यूँ दबा मर्दानगी के नाम पर
ये माँ-बहन-बीवी या बेटी बन हलक में साँस लेतीं
शर्म आती क्यों नहीं इनसानियत के नाम पर...

ये तो अरे जागीर होतीं इस हुक़ूमत देश की
जो मिल गया होता इन्हें ज़िन्दा बने रहने का हक़
ये जा पहुँचतीं चाँद पर जाकर वहाँ से बोलतीं
कि थूक दूँ मैं क्यों ना इस हैवानियत के नाम पर...

पराधीन भारत में भगतसिंह

आबोहवा ज़हर है
चारों तरफ़ कहर है
आलम नहीं है ऐसा
कि इश्क़ कर सकूँ मैं...

मैं तुझ पे मर तो जाता
पर क्या करूँ मेरीजां
हालात ऐसे ना हैं
कि तुझ पे मर सकूँ मैं...

ये ख़ून भीगी होली
ये सर कटी बैसाखी
ऐसे में तेरी चुनरी
क्या सूँघ पाऊँगा मैं... ?

ये माँग उजड़ा टीका
ये सुन्न बैठी ममता
ऐसे में तेरे कंगन
क्या चूम पाऊँगा मैं...

ईसा की ले गवाही
गौतम की ले गवाही
हज़रत कबीर नानक

के मन की ले गवाही
मीरा क़सम है मुझ को
राधा क़सम है मुझ को
है दूसरा जनम तो
लेना जनम है मुझ को...

उस दूसरे जनम में
सिंदूर लाऊँगा मैं
तेरी क़सम कि डोला
तेरा उठाऊँगा मैं...

ढाई आखर प्रेम का

कल तलक तो ख़ाक था
और रास्ते की धूल था
एक डाली से गिरा
ठोकर में लिपटा फूल था...

ये ग़ज़ब कैसे हुआ
कि इन्तिहा को छू लिया
ढाई आखर प्रेम का
पढ़ के ख़ुदा को छू लिया...

चिलमनों की ओट में
बैठी नज़ाकत हिल गई
कुदरतों ने होश खोये
उफ़ क़यामत हिल गई...

तूने गौतम और ईसा
के जहां को छू लिया
तूने राधा और मीरा
के मकां को छू लिया...

झीने झीने...
महके महके...
सीले सीले...

चाँदनी चौक की फैक्टरी और मज़दूर...

गिटर-पिटर यूँ धूँ-धक्कड़
ये गुत्थम-गुत्थी चटर-पटर
ये दंगल लाशें ज़ोर-ज़बर
ये हड्डी घिस के चरर-परर...
पट्ठे उठ जा तू ताल ठोंक
ये पसली में जा घुसी नोक
ये खाँसी तगड़ी ज़ोरदार
ये एसिड संग में कोलतार...
अजब दास्तां है लेकिन
ये घिसती रातें पिसते दिन
दिन का पहिया रात का चक्का
रेशा-रेशा हक्का-बक्का...!

ये पीठ है लकड़ी सख़्त-सख़्त
ये सौ मन बोरी पटक-पटक
ये काली-काली क्रीम जमा
ये पॉलिश कर के खाए दमा...
अरे उठ साले कि दिन चढ़ता
सूरज के संग या बिन चढ़ता
फिर आई दोपहरी देख भरी
ये खौं-खौं खाँसी रेत भरी...
अजब दास्तां है लेकिन
ये घिसती रातें पिसते दिन

दिन का पहिया रात का चक्का
रेशा-रेशा हक्का-बक्का... !

ये निकला बलगम थूकों में
इक रोटी है सौ भूखों में
उस पे हैं कर्ज़े लाख चढ़े
ये सूद-ब्याज बिन्दास बढ़े...
भट्ठी की चाँदनी चम-चम-चम
इक हुआ फेफड़ा कम-कम-कम
स्टील कटर से कटे हाथ
तेज़ाब गटर नायाब साथ...
अजब दास्तां है लेकिन
ये घिसती रातें पिसते दिन
दिन का पहिया रात का चक्का
रेशा-रेशा हक्का-बक्का... !

ना ग्लास मास्क ना चश्मा भई
लाशों के ढेर पे सपना भई
सीलन घुटती अब सड़न-सड़न
बदबू साँसें अरे व्हाट ए फ़न...
फिर दिन टूटा फिर शाम बढ़ी
फिर सूनी सुनसां रात चढ़ी
ये बदन टूट पुर्ज़ा-पुर्ज़ा
ये थकन कहे मर जा मर जा...
अजब दास्तां है लेकिन
ये घिसती रातें पिसते दिन
दिन का पहिया रात का चक्का
रेशा-रेशा हक्का-बक्का... !

साले कुत्ते हरामी तू
बदज़ात चोर है नामी तू

तेज़ाब जलन पस फफ्फोले
इक रात बिताने घर हो ले...
भट्ठी की आग में मांस जला
ये खाल खिंची और साँस जला
ये पेट कटी आँतें बोलें
आधी पूरी बातें बोलें...
अजब दास्तां है लेकिन
ये घिसती रातें पिसते दिन
दिन का पहिया रात का चक्का
रेशा-रेशा हक्का-बक्का...

अरे पेड़ मत काटो यार...

अरे बाबा हम सोना नहीं माँगते
अरे बाबा हम चाँदी नहीं माँगते
हम हीरे का ख़ज़ाना नहीं माँगते
गर हम कुछ माँगते माँगते हैं तो
अपना हक़ माँगते माँगते माँगते...

हम पौधों को सताना नहीं माँगते
हम फूलों को रूलाना नहीं माँगते
हम ऐसे जीते जाना नहीं माँगते
गर हम कुछ माँगते माँगते हैं तो
अपना हक़ माँगते माँगते माँगते...

देखो तो पेड़ ये
बरगद या बेर ये
कट के हो जाएँगे
लाशों के ढेर ये...
तुम ही तरसोगे फिर
महकी हवा को हाँ
पत्ते भी रोएँगे
सिसकी में तैर के...
हम बिल्डिंगों के बोझ को उठाना नहीं माँगते
ऊँचे-ऊँचे टॉवर्स को लाना नहीं माँगते...

गर हम कुछ माँगते माँगते हैं तो
अपना हक़ माँगते माँगते माँगते...

हम ज़हरीला सामां नहीं माँगते
हम गंदी हवा खाना नहीं माँगते
हम ऐसा ये ज़माना नहीं माँगते
गर हम कुछ माँगते माँगते हैं तो
अपना हक़ माँगते माँगते माँगते

हम भी आगे बढ़ें
हमको स्वीकार है
देश हमारा है
हमको भी प्यार है
लेकिन इस दौड़ में
जंगल को चीर दें
धरती को नोंच लें
इससे इनकार है...
हम जंगलों को चीर के सुखाना नहीं माँगते
ऑक्सीजन के मॉस्क लगाना नहीं माँगते...
गर हम कुछ माँगते माँगते हैं तो
अपना हक़ माँगते माँगते माँगते...

हम धुएँ में ठिकाना नहीं माँगते
हम खाँसी का बहाना नहीं माँगते
हम ऐसा आशियाना नहीं माँगते...
गर हम कुछ माँगते माँगते हैं तो
अपना हक़ माँगते माँगते माँगते...

अपना तो ऐसा ही है ख़ुदाक़सम...

लड़खड़ाते जा रहे क़दम
थोड़ा पियो...थोड़ा जियो...
एक हो या दस हज़ार ग़म
थोड़ा पियो...थोड़ा जियो...

देख लेंगे जो भी होगा क़िस्सा
हाथ में अभी हमारा हिस्सा
कल रुकेगा या थमेगा दम...
थोड़ा पियो...थोड़ा जियो...
लड़खड़ाते जा रहे क़दम
थोड़ा पियो...थोड़ा जियो... !

इस गली के साथ में किनारा है
इस गली का मोड़ हमको प्यारा है
इस गली के पास सब सितारे हैं
बोलते हैं वो कि हम तुम्हारे हैं...
रात को भगाती एक सिसकी है
याद को बुलाती एक हिचकी है
दूर से चमकती एक बोतल है
पास हैं तो ये ही एक-दो पल हैं...
इस गली के ख़्वाब अब हमारे हैं
इस गली की नींद अब हमारी है
इस गली के मोड़ हर मकां पे बैठी ज़िन्दगी

जैसी है...हमको प्यारी है...
तुम कहो कि बेबसी
हम कहें करम
थोड़ा पियो...थोड़ा जियो...
हम को आज साँझ की क़सम
थोड़ा पियो...थोड़ा जियो...

क्या नखरा है यार...

पहले बोले कि बात करो
जो बात करी तो बिगड़ गए...
'तो क्यों बोला कि बात करो...'
'मैंने कब बोला' मुकर गए...
फिर ख़ुद ही बोले 'साथ चलो'
जो साथ चला तो पिछड़ गए...
फिर थक के बोले 'रुको ज़रा'
मैं 'अच्छा' बोला अकड़ गए...
ये 'अच्छा' क्यों हो बोल रहे
'तो क्या बोलूँ' वो झगड़ गए...
मैं हुआ परेशां 'यार चलें'
वो वहीं पे गड़ के ठहर गए...
मैं झल्लाकर के भाग लिया
वो चीख़ पड़े कि 'किधर गए...'
मैं बाल नोंच के वहीं मरा
तो बोले 'साले गुज़र गए... ?'

मेरे बड़े बेटे जोश के लिए—
जब वो डेढ़ साल के थे...

एक चड्ढी तक पहनने का सलीका है नहीं
अन्दाज़ ऐसे हैं कि हिन्दुस्तां के ये हों बादशाह
पिनकी ज़ुबां है लफ़्ज़ औंधे गुटरगूँ करते हुए
कि बाद ग़ालिब के इन्हीं का और अन्दाज़े-बयां...
बस कुलबुलाते हाथ हैं और डगमगाते पैर हैं
जैसे कि अपने बाप को हो जाम थोड़ा चख लिया
और ऐंठ ऐसी कि हमें भई बस अकेला छोड़ दो
जैसे कि इनके बाप का हो राज बोलें 'तख़लिया'...
जब भागने की कोशिशों में क़ामयाबी ना मिली
तो एक घोड़ा अदद इनको चाहिए मज़बूत सा
जिसके ये सर पे हाथ मारें बाल खींचें चीख़कर
'बाबा मेरा घोड़ा है बाबा है ना बाबा है ना हाँ... ?'
कई बार रातों में जगे कई बार दिन में सो लिये
जैसे घड़ी के वक़्त पर एहसान सा हों कर रहे
कई बार भग के गिर लिये कई बार गिर के भग लिये
कि ठाठ से इलज़ाम बेचारी ज़मीं के सर रहे...
साले नज़र के नूर हैं और सिरफिरे मग़रूर हैं
और जानते हैं कि हमारे चश्म-ए-बद्दूर हैं
साले ज़िगर की जान हैं साले ख़ुदा का दान हैं
इक रहपटा जो पड़ चले तो साठ सुर की तान हैं...
पर रहपटे के बाद हम भी बच सकेंगे किस तरफ़
ये टुकुर नज़रें टक मिलेंगी देख लेंगे जिस तरफ़

बस इस वजह से बिन रुके इनकी हुकूमत चल रही
बस इस वजह से धर पटक इनकी ये साबुत चल रही...
अब चल रही तो चल रही इक बार वो भी देख लें
जो आज तक ना देख पाए यार वो भी देख लें
कि हुक़्म देने के तरीक़ों में बिता दी ज़िंदगी
आज आती हुक़्म की बौछार वो भी देख लें...
हाँ साथ में लाए हैं ये कुछ और भी बातें कई
जिनका तो ब्यौरा वक़्त ही दे पाएगा कल को यहाँ
किसको पता कि हम रहें या ना रहें उस दौर में
पर ये रहें हर दौर में बस एक ही माँगें दुआ...।

पुरानी दिल्ली की सड़क पे...हौंडा अमेज़...

सुन्न-सुन्न
सरकत-सरकत
कुछ घिसट-घिसट
पर निकल चलत...
संग पैं-पैं पौं-पौं
भिन्न-भिन्न
इस धम्म-धुड़ुम में
ट्रिन्न-ट्रिन्न...
सँकरी गलियाँ
कुछ फच्च-फच्च
पर रुक मत
अब तो सच्च-सच्च
हो भीड़ तो क्यों हो
ड्राई लिप्स
जो आए पसीना
ठोंक चिप्स...
जो वो बोलें
आगे से राइट
अरे पहुँचेंगे
ये ही है फाइट...

सिनेमा...
अगर तुम न होते
तो ना जाने कितने
बनने से बच जाते
और न जाने कितने मरने से...

मुम्बई...सफलता...स्टारडम

वो चकाचौंध है यार कहीं तुम खो मत जाना...!
वो बिजली की इक कौंध यार
वो बादल की एक गरज यार
वो चमक मारती...गड़-गड़ करती
आज रवाँ
कल मुर्दा है...
और आज जवां
कल बूढ़ी है...
और आज हसीं
कल बदसूरत
और आज पास
कल दूरी है...
वो रेल की छुक-छुक जैसी है
जो दूर-दूर को जाते-जाते
बहुत दूर खो जाती है...
और धुन उसकी बस आस-पास की
पटरी पे रो जाती है...
वो कोहरे वाली रात को जाते
राहगीर के जूतों की
वैसी वाली-सी खट्-खट् है
जो दरवाज़े के पास गुज़रती
चौंकाती...झकझोर मारती...
भरी नींद की तोड़ मारती

कानों से टकराती है...
और फिर इकदम
उस घुप्प अँधेरे
के अन्दर घुस जाती है...!
वो बूढ़े चौकीदार की सूजी
थकन भरी आँखों में आई
नींद की वैसी झपकी है...
जो रात में पल-पल आती है...
पर मालिक की गाड़ी के तीखे
हॉर्न की चीख़ी पौं-पौं में
इक झटके में भग जाती है...!
वो भरी जवानी की बेवा की
आँख में बैठी हसरत है...
जो बाल खोल
उजली साड़ी में...
भरी महकती काया ले
सूनापन तकती जाती है...
जो कसक मारती...भरे गले में
फँसती दबती मुश्किल से
बस इक पल को ही आ पाती है...
और दूजे पल ही
टूट पड़ी चूड़ी की छन्नक छन्न-छन्न से
बिखर-बिखर को जाती है...!
...खोज में जिसकी जाते हो
उसको इक पल...थोड़ा टटोल के
हाथ घुमा के...ज़रा मोड़ के
पैंट के पिछले पॉकेट में भी
छूने की कोशिश करना...!
ऐसा ना हो कि खोज तुम्हारे अन्दर ही बैठी हो और बस...
किसी वजह से लुकी-छिपी हो...!

खोजे जाने के डर से शायद
तुम से ही कुछ डरी-डरी हो... !
गर आँख खोल के देखोगे तो दिख जाएगी...
पर अन्धे हो के देख लिया
तो याद हमेशा रखना ये
कि पास तुम्हारे आज अगर
तो कल तक के आते-आते
वो धुँधली भी हो सकती है
और परसों तक तो पक्का ही
हाथों से भी खो सकती है...
वो चकाचौंध है यार
कहीं तुम खो मत जाना...

तुमने अच्छा कम्पोज़ किया था विशाल भारद्वाज...

[मुम्बई...रात की बाँहों में]

कहीं पे लड़की जाए लुढ़की
कहीं पे बच्चा फाँके सुरती
कहीं पे अम्माँ होती ठरकी
ज़माना क्या से क्या हुआ...

कहीं पे सड़कों पे है बिस्तर
कहीं पे ए.सी. बन्द मिनिस्टर
कहीं पे तन को ढाँपे सिस्टर
ज़माना क्या से क्या हुआ...

कहीं पे नींद
कहीं पे भोर
कहीं पे रात
कहीं पे शोर
कहीं पे हाय
कहीं पे बॉय
कहीं पे फिस्स
कहीं पे ठाँय
कहीं पे नींद कहीं भोर कहीं रात कहीं शोर,
कहीं हाय-बॉय-ठाँय कहीं फिस्स...
ऊह...आह...आऊच...
कहीं पे होटल रंग-बिरंगा

कहीं पे इनसाँ नंग-धड़ंगा
कहीं पे चमके दूर तिरंगा
ज़माना क्या से क्या हुआ...
कहीं पे लड़की जाए लुढ़की...

काम तो नहीं है फिर भी काम किए जा
सड़कों की धूल को सलाम किए जा
जीसस को बोल तू 'सत श्री अकाल जी'
अल्लाह मियाँ को राम-राम किए जा
दिल में हो खुजली तो आँखों को मींच
पौआ निकालकर के मोटा वाला खींच
झूठा तसव्वुर है तो क्या हुआ
सच्चे की खोज में तू आज ना जला
कहीं पे आँसुओं की नाव
कहीं अँतड़ी के घाव
कहीं पे हाय-बाय ठाँय कहीं फिस्स...
ऊह...आह...आऊच
कहीं पे गाड़ी चम्मक वाली
कहीं पे लँगड़े पैर की लाली
कहीं पे कुबड़े हाथ की ताली
ज़माना क्या से क्या हुआ...
कहीं पे लड़की जाए लुढ़की...

लेकिन प्रोड्यूसर्स ही बेवक़ूफ़ निकले...

[मुम्बई...रात की बाँहों में]

रात है नशे में...चाँद थामे बोतल
ये ही पल है अपने...इनको जी ले दो पल
ये खारे-मीठे सपने...ये ज़िन्दगी का टोटल
बोतल के...दो पल...हैं टोटल
मसख़रा समाँ है...बेवड़ा जहाँ है
ज़िन्दगी का पहिया...साला घिस रहा यहाँ है
जिस दुकां पे दिल है...साली वो दुकां कहाँ है
यहाँ की...दुकां वो...कहाँ है
रात है नशे में...चाँद थामे बोतल

ये रात...कह रही है...हम से चल पड़ो
कोई...मिला...तो रुक के पूछ लेंगे भई हलो
ख़ैरियत तो है
या कुछ मलाल है
आदमी का आजकल
कैसा हाल है...
कभी मिले तो बोलना...कि हम भी ठीक-ठाक हैं
आदमी का क्या है...वो ठीकइच होगा
टुटेला-सा फुटेला...सड़क के बीच होगा
उसको है पकड़नी...साली पाँच दो की लोकल
लोकल से...होटल से...लोकल
रात है नशे में...चाँद थामे बोतल।

इसको भी रिजेक्ट कर दिया...

[मुम्बई...रात की बाँहों में]

लैला मिल गई है, मजनू है कलन्दर
फिरता है मज़े में...घर से बोरीबन्दर
ज़ख़्म दे गई है...गुदगुदी के अन्दर
लैला का...मजनू...कलन्दर
कमीज़ है फटेली...नसीब है फटेला
बदन पे साठ जूते...सड़ेला-सा पिटेला
कुत्ते बन गए हैं...कल तलक थे बन्दर
कल के...वो बन्दर...कलन्दर
लैला मिल गई है
मजनू है कलन्दर

आज...ज़िन्दगी ये कुछ तो चल पड़ी
कहीं...रुकी...तो पूछ लेंगे क्या है खलबली
हम तो मस्त हैं, तुम्हें ये क्या हुआ
चल पड़ो कि आज चल पड़ा है रास्ता
ओ ज़िन्दगी रुको नहीं...कि हम भी साथ हैं
ज़िन्दगी का क्या है...तो ठीकइच होगी
पिटेली-सी अकेली...सड़क के बीच होगी
उसके तो मुक़द्दर...में लँगड़े हैं सिक़न्दर
मुक़द्दर...के लँगड़े...सिकन्दर
लैला मिल गई है
मस्त है कलन्दर।

और साला इसको भी रिजेक्ट कर दिया...

[मुम्बई...रात की बाँहों में]

रात भीगी-भीगी...भीगा ये समाँ है
लैला के शहर में...मजनू ने कहा है
ज़ख़्म मीठा-मीठा...दे के तू कहाँ है
कहाँ है...ओ लैला...कहाँ है
लैला भाड़ में है...भाड़ में जहाँ है
मजनू तो पिटा-सा...घूमता यहाँ है
दिल में हैं फफोले...और दवा कहाँ है
यहाँ की...दवा वो...कहाँ है
रात भीगी-भीगी...भीगा ये समाँ है

हमें...अभी...ये क्या हुआ है कुछ तो बोल दो
यहीं...कहीं...गिरे हैं हम तो कोई खोज दो
हम तो झूमते...हमें ना कुछ पता
था अता-पता...कोई वो ले गया
कभी जो मिल गया...कहीं तो मर मिटेंगे हम
मरने में क्या बाक़ी...क़सर बची यहाँ है
जो क़सर बची थी...वो लुटी यहाँ है
बात क्या करें हम...बात ही कहाँ है...
कहाँ है...यहाँ वो...कहाँ है
रात भीगी-भीगी...भीगा ये समाँ है।

गुलज़ार साहब और विशाल भारद्वाज को ससम्मान...

[एक अंतरा मैंने भी लिख दिया]

फ़िल्म : सत्या!

गोली मार भेजे में
भेजा शोर करता है
भेजे की सुनेगा तो मरेगा कल्लू
दूसरा करेगा तू भरेगा कल्लू
मामा...कल्लू मामा...

एक लाख भूलकर के
इक करोड़ ढूँढ़ ला
मामा...कल्लू मामा...
और कोई छेड़ दे तो
उसका तोड़ ढूँढ़ ला
मामा...कल्लू मामा...
लल्लुओं की नौकरी करेगा कल्लू
लल्लुओं की नौकरी करेगा कल्लू
दूसरा करेगा तू भरेगा कल्लू
मामा...कल्लू मामा...

जावेद साहब और आर.डी. बर्मन साहब को ससम्मान...

[एक मुखड़ा मैंने भी लिख दिया]

फ़िल्म :1942 लव स्टोरी!

कुछ ना कहो...कुछ भी ना कहो...
सब कुछ कहो...अब चुप ना रहो...
ऐसे कहना है...या वैसे कहना है...
छोड़ो ये झगड़ा...ये तो रहना है...
सुर हैं पुराने...तो क्या बुरा है...
अंदाज़ कहने का...तो कुछ नया है...
धुन तो वही हो...जो सब को पता हो...

अमित त्रिवेदी और हबीब फ़ैज़ल को ससम्मान...

[दो अंतरे मैंने भी लिख दिये]

फ़िल्म : इश्क़ज़ादे!

हुआ छोकरा जवां रे...
ना तो ज़िद है...
ना ही ख़्वाहिश...
ना है मेरा ये कोई बहाना
मेरे रब ने...
ये कहा है...
भेजता हूँ जवां हो के आना
आ जा रे आ जा रे आ जा रे आ जा रे...
हुआ छोकरा जवां रे...
ये कहानी...
क्या किसी ने...
क्या किसी को भी पूरी कही है
ये जवानी...
हाय सच में...
बिन पड़ोसन अधूरी रही है
आ जा रे आ जा रे आ जा रे आ जा रे...
हुआ छोकरा जवां रे...

आनन्द बख़्शी साहब और अन्नु मलिक साहब को सम्मम्मान

[एक अंतरा मैंने भी लिख दिया]

फ़िल्म : परदेस

दो दिल मिल रहे हैं...
मगर चुपके-चुपके
सबको हो रही है
ख़बर...चुपके-चुपके...

खोई-खोई आँखों के दीवाने तो
सोई-सोई रातों में जगे हैं
कैसे मोर पंखी ख़्वाब बन के ये
प्यार की किताबों में दबे हैं
कोई...पूछे तो
बोलें क्या भला
कब से...है ये
चला सिलसिला
क्या हो...हम बता दें...
अगर चुपके-चुपके
सबको हो रही है
ख़बर चुपके-चुपके
दो दिल मिल रहे हैं...

लैला-मजनू...ऑपेरा...

[एक नज़रिया ये भो]

फ़िल्म : आ जा नच लै

सूत्रधार :
इन्सान तू...
नादान तू...
इन्सान तू नादान तू हैरान तू अनजान तू
कि सुन ख़ुदा का गड़गड़ाता आज इक ऐलान तू
तूने मेरे संसार को मुर्दे के जैसा कर दिया...
तपती हवस की आग में, चीख़ों की भागमभाग में
इनसानियत की रूह को हैवानियत के दाग़ में
नहला दिया सहला दिया यूँ स्याह रंगों भर दिया...
कि देख दिखलाता हूँ मैं, दो दिल ये सीना चाक कर
मैं दो दीवाने भेजता तेरी ज़मीने-पाक़ पर
हव्वा की बेटी है इसे लैला भी बोला जाएगा
आदम का बेटा कैस ये मजनू भी जो कहलाएगा
इन की कहानी को ज़माना तब तलक हाँ गाएगा
कि जब तलक वो होश में वापस नहीं आ जाएगा
तू जान ले तेरी ज़मीं पे मैंने ही पग धर दिया...

सूत्रधार :
ये हर नगरी की बात यार
ये हर कूचे की बात यार

पर किस नगरी की
कौन-सा कूचा
ठीक-ठाक मालूम नहीं...
जो बात हमें मालूम वो ये
कि रहते दोनों साथ-साथ
वो दिन हो या कि रात-रात
अब कौन-सा दिन और कितनी रातें
ठीक-ठाक मालूम नहीं...
जो बात हमें मालूम वो ये
कि आलिम फ़ाज़िल क़ाबिल जब
कहते थे उसको चीख़-चीख़
कि सबक़ ख़ुदाई का पढ़ ले
ओ नामुराद ले सीख सीख...

मदरसा (बच्चे लैला-मजनू)

मौलवी :
कि लिख दे तू अल्लाह...

सूत्रधार :
वो लिखता था लैला...

मौलवी :
अरे मैं बोला अल्लाह...

सूत्रधार :
लैला लैला लैला...

मौलवी :
अरे दोज़ख में जाएगा तू

क्या लैला-लैला करता है
इक हाड़-मांस की पुतली का
अल्लाह से मेला करता है?
तू हाथ बढ़ा...

तड़-तड़... *(मारता है)*

अब दूजा भी...

तड़-तड़...

तड़-तड़ तड़ाक तड़-तड़ तड़ाक तड़-तड़ तड़ाक
तड़-तड़... ...

लैला :
(अपनी हथेली फैलाती है।
आँख में आँसू हैं।)
ना मारो चोट लगती है ना मारो
ना मारो चोट लगती है ना मारो
चुनमुन-सी काँपती हथेली देखो
चुमकारो चोट लगती है ना मारो
पुचकारो चोट लगती है ना मारो...

अब्बा :
अरे अजब ग़ज़ब ये कुदरत है
या शैतानों की हरकत है
कि चोट इसे और दर्द उसे
कि ख़ूं बहता है इस का संग में
ख़ूं का है एहसास उसे
अरे जादू-टोना अनहोनी

ना लाना इस के पास उसे !...
इन को दूर-दूर ले जाओ इन को दूर-दूर ले जाओ...
ये अला-बला का टोना है
या भूत-प्रेत की करनी है
अरे बुला मौलवी बाज़ू पे धागा काला बँधवाओ...
इनको दूर-दूर ले जाओ

ये बुरा शगुन है
शहर गाँव के लिए कोई समझाओ कि भई
बुला पादरी-पंडित को कोई झाड़ा लगवाओ...
इनको दूर-दूर ले जाओ इनको दूर-दूर ले जाओ...

अम्मी
अरे नहीं-नहीं मैं बोलूँ कि ये
प्रेम-प्यार के छोटे-छोटे पैग़म्बर हैं
देखो इनके छोटे घाव
बात असली क्या पता लगाओ

कोरस
इनको दूर-दूर ले जाओ इनको दूर-दूर ले जाओ...

सूत्रधार :
पतंग संग
उड़ गया बचपन
झनक-झनक मन
डगर सुहानी रे..
लड़कपन
आया अब तो
कसक-मसक ये
क्या मस्तानी रे...

अरे क्या हाय
जवानी की होती है
यही निशानी रे...
कि चितवन
तिरछी-तिरछी हुई जाए
हाँ आई जवानी रे...

जवानी

जवानी आई साथ में लाई
पवन के संग-संग...
हर अंग चले हिचकोले ले के
गगन के रंग से
उड़े है तदबीर...
लदी अमराई उठी अँगड़ाई
आ जा मेरे रोमियो
मैं तेरी हूँ वही जूलियट...
सुन ले राँझे सुन ले
गाती तेरी हीर...
आ जा मेरीजान
कि ना मैं मुसलमान
ना हिन्दू जैसी कोई बात हूँ...
अरे मैं प्रेम ख़ज़ाने का हूँ पहरेदार
अरे ओ ख़बरदार
आशिक़ की ज़ात हूँ...

सूत्रधार :
सोणिये मिल जा मेले में कि इसका नाम जवानी
अरे ये छोटा-मोटा नहीं बड़ा है कांड जवानी

अरे ये सरपट-सरपट घोड़ी मेरीजान जवानी
अरे ये घर की मुर्गी नहीं ये छुट्टा सांड जवानी...

बनारस के इक्के में
गंगा तीर चलेंगे
बर्फ़ की धूप सूँघने
अरे कश्मीर चलेंगे
अरे कैसे भी हों हालात
कि तुझको घुमा लाऊँ बग़दाद
ये मेरा वादा जानम...
अरे ये चुनरी बीकानेर
कि सुरमा झुमका मेहँदी ढेर
ये मेरा वादा जानम
अरे खुर्जा की खुरचन
अरे मथुरा के पेड़े
रेवड़ी मेरठ वाली
चाट दरीबां की लाऊँगा
अरे तू हुक्म करे तो दूर
अरब से पूरा बाग़ खजूर
उठा के आँगन में भरपूर
मैं तेरे लगवाऊँगा...

लैला-मजनू...जवानी में...

मुखड़ा 1
इस पल में हूँ...या तुम भी हो
या दोनों हो के भी ना हैं...
क्यों हो क्या हो...हो भी कि ना हो...
या कहना-सुनना मना है...

अंतरा 1
क्यों याद आती है...देख के...तुमको बिसरी कहानी
दीवाने का क़िस्सा...या फिर...इक दीवानी
दोनों संग-संग रहते...हरदम ऐसा-सा मैंने सुना है

इस पल मैं हूँ या तुम भी हो
या दोनों हो के भी ना हैं
क्यों हो क्या हो...हो भी कि ना हो...
या कहना-सुनना मना है...

अंतरा 2
कोई बता दे...क्या ना करूँ...मैं क्या कर जाऊँ...
कोई निशानी...दे के जाऊँ...या ले के जाऊँ...
या फिर मन को छोड़ भी दूँ...ये जाए जाता जहाँ है

इस पल मैं हूँ...या तुम भी हो
या दोनों हो के भी ना हैं
क्यों हो क्या हो...हो भी कि ना हो
या कहना-सुनना मना है...

अंतरा 3
कह दूँ कि ले चल...ऐसी जगह पर
हो वो ज़मीं पे या आसमां हो...
पर वो जगह हो ऐसी कि जिसमें
पत्ता न खड़के...ठहरी हवा हो
होंठों पे उँगली रक्खे निहारे
बस मुस्कराता...सारा समाँ हो
कि जिस जगह पे धड़कन बोले
चुप-चुप सुनती ज़ुबां है...

मुखड़ा 2

इस पल मैं हूँ क्योंकि तुम हो
ढूँढ़े कोई हम कहाँ हैं
हर पल में हैं हर पल होंगे
जब तक ज़िन्दा जहां है...

लैला : मैं लैला तुम कैस कही है बात ख़ुदा ने कानों में
मजनू : हाँ जान कि अब ये बात रहेगी सदियों तलक ज़ुबानों में

तबरेज़ की एंट्री...

तबरेज़ :
नीच ज़ात
बदज़ात
ये तेरा हाथ
काट़ दूँगा मैं
ओ नापाक
तुझे मालूम कि तूने
किसे छुआ है...

कैस :
(दीवाना-सा)
वो मेरी है...

तबरेज़ :
कीड़े तू हर्राम...
कि तेरा नाम ज़ात हर काम
काट श्मशान घाट के नाम
अगर मैं नहीं करूँ तो नाम

मेरा तबरेज़ नहीं कुछ और
ये मेरी बहन नहीं कुछ और
कि अब बस सहन नहीं कुछ और...

कैस :
वो मेरी है...

तबरेज़ :
अरे अब बस...
अरे अब बस
वो मेरे घर की आन
वो मेरी शान
वो मेरे ख़ानदान की जान
मैं तेरी आँख काट के
ख़ूं से धो कर
हाथ काट के
कीड़े बो कर
यहीं टाँग दूँगा...
ये तेरी आँख नोंच के
ज़ख़्म भिगो कर
नर मुंडी से मैं तेरी
ठोकर का काम लूँगा
(लैला की तरफ़ मुड़ता है)
करें कुछ शर्म हया की बात...
तेरी औकात बताऊँ तुझ को
तू है नामरदों की ज़ात
बन्द कमरे की है सौगात
उघाड़े मुँह सीने को खोल
दुपट्टे को बेचा बेमोल
आँख में बेशर्मी को घोल

ग़ैर के बदन को छूती है...
साली बदज़ात... ?
तेरी औकात... ?
अरे तू औरत की है ज़ात
तुझे क्या करवाऊँ मैं याद... ?
(मारता है)

कैस :
(हाथ पकड़ता है)
हाथ को भींच
ले ख़ुद को खींच
अरे मत भूल
कि नामाकूल
कि तूने उसे छुआ है...
जो है मेरा बन्द जुनून...
मेरी रग-रग में बहता ख़ून
अरे जो मेरी दुआ है... ?
कि जो कुदरत का फ़रमान
मसीहा का है जो ऐलान
ख़ुदा का दान
मेरी हर दर्द दवा है...
कि जिस के आँसू हैं अनमोल
कि जिसको मुस्कां का ना तोल
कि सुन ले कैस रहा ये बोल
कि वो मेरी लैला है...

तबरेज़ :
नाम ना ले उस का तेरे होंठ राख़ मैं ये कर दूँगा...

कैस :
जिस राख़ मिला लैला का नाम मैं सर आँखों में भर लूँगा...

तबरेज़ :
अरे तू ऐसे
ना ही मानेगा
तलवार निकालो...
(बीस तलवारें म्यान से निकलती हैं)
(लैला बीच में आती है)

लैला :
भाई तू मेरा सगा है...
अब्बा दिलोजान से प्यारे
अम्मीजान में दिल अटका है...
मगर मालूम नहीं क्या हुआ भाई
इक औरत अन्दर चिल्लाई
कि छुआ किसी ने...
उसको छुआ किसी ने...
सारे सवाल बन के उबाल
काफ़ूर हुए भाई...
वो औरत बैठी थी
अब खड़ी हो गई
छोटी थी अब
बड़ी हो गई
आज उसे एहसास हुआ
क्यों ज़ेहन चढ़ी हरारत है
वो इश्क़ नाम की क़लम से लिक्खी
इक पुरज़ोर इबारत है...
तो रात शर्म की पुतली है तो

सूरज चढ़े क़यामत है...
वो छोड़ ख़ुदा के नहीं किसी के
तैश से डरती है भाई...
और जान सके तो जान कि लैला
कैस पे मरती है भाई...
ये कैस पे मरती है भाई
ये कैस पे मरती है...
(सन्नाटा)

तबरेज़ :
तेरी जुर्रत... ?

लैला :
नहीं...हिम्मत...

तबरेज़ :
तेरी हरकत... ?

लैला :
नहीं...ताक़त...

तबरेज़ :
तू है हया की पुतली...बस

लैला :
पर ना हूँ दया की पुतली बस

तबरेज़ :
मैं क़ब्र खोद दूँगा इस की
तू खरा सोच लेना...

लैला :
पर लाश लगेंगी दो-दो भाई
ज़रा सोच लेना...

[अम्मी उसे छूती है। वो gracefully दुपट्टा ठीक करती है और धीमे-धीमे बिना किसी को देखे चली जाती है अम्मी के साथ! अब्बा आ के तबरेज़ के कन्धे पे हाथ रखते हैं! वो कैस को ख़ून भरी निगाहों से देखते हुए चले जाते हैं। धीमे-धीमे सारे लोग भी। Empty Stage ! अन्धड़-तूफ़ान आ रहा है! बढ़ रहा है।]

कैस :
(चिल्लाता है)
कि सुन लो
बेवकूफ़ नादान
आज ये कैस करे ऐलान
कि लैला लेने आऊँगा...!
अगर क़ीमत है मेरा ख़ून
तो मैं मजनून
ये देके ख़ून
आबे हय्यात को पाऊँगा...
अरे वो अरब देस हो
या कि हो ईराक
या हो रंगून
मैं सारे जहां पे छाऊँगा
अरे मैं इश्क़ नाम का पैग़म्बर
अब कैस नहीं
इनेसां सुन ले
मजनू कहलाऊँगा...

अरे मजनू कहलाऊँगा...अब से मजनू कहलाऊँगा...
[फेड आउट]

लैला का घर...

अब्बा :
वो बड़ा आदमी
जवांबख़्त
हाथी की फ़ौज
घोड़ों की धूम
और संग में रहता
बड़ा तख़्त...
उसका है पैग़ाम
लैला का हाथ चाहिए...
तबरेज़ दिया ये हुक्म कि
उससे है निकाह पक्का तेरा
अब हरदम हम को
तू उसके संग-साथ चाहिए...

लैला :
अरे वाह
क्या कहना है शाब्बास

वो भाई ले आए बारात
मिलेगी उसको मेरी लाश
बोल तारीख़ निकालूँ... ?

अब्बा :
लैला होश में आ...

अम्मी :
बेटी ना तड़पा...

लैला :
मरी दुल्हन की डोली
नहीं उठी है कभी
आस या पास कि सर में माँग
बन्द है साँस

बोल तारीख़ निकालूँ ?

तबरेज़ :
(हँसता है)
नहीं बचा है वक़्त
कि तेरे पास
बता दूँ तुझको कि तू
ऐसे ऐंठ ले...

लैला :
भाई मेरे दिल का तख़्त
पुरानी दिल्ली का है
तख़्त नहीं
जो कोई बैठ ले...
लैला छोड़ ख़ुदा के
नहीं किसी के
तैश से डरती है भाई
और जान सके तो जान
कि लैला कैस पे मरती है भाई...
वो कैस पे मरती है भाई
वो कैस पे मरती है भाई
[फेड आउट]

सूत्रधार :
और तबरेज़ उठा गुर्राया
क़िस्सा ख़तम करूँगा आज
तेरे सौ टुकड़े कर के मजनू
मैं हज़्ज़ार चीथड़े कर दूँगा
हज़्ज़ार चीथड़े कर दूँगा हज़्ज़ार चीथड़े कर दूँगा
ले झेल 'टन्न'
ले झेल 'टन्न'
ले झेल 'टन्न'
ले झेल 'टन्न'
[दोनों लड़ते हैं]

मजनू :
बैं बोलूँ बारम्बार
कि तेरी जो है ये तलवार
मेरे सीने से निकली पार
तो वो भी कट जाएगी...
अरे उसकी ही तू सोच-सोच
तू रोक-रोक बेटोक-टोक
वो मर जाएगी...

तबरेज़ :
मर जाने दे नीच...

मजनू :
रोक...

तबरेज़ :
अरे कट जाने दे नीच...

मजनू :
रोक...

तबरेज़ :
ये घुसी मेरी तलवार...
ये तेरे पार
कि बस तू पहुँच गया
श्मशान...

मजनू :
कि लैला मुझे माफ़ कर देना
मैं मजबूर था
मेरीजान...

तबरेज़ :
वो घर की धूल है
उस पे हाथ मैं
कभी सेंक लूँगा...
तुझे देख लूँ
उस कुतिया को
कभी देख लूँगा...

मजनू :
बस चुप हो जा तबरेज़...

तबरेज़ :
जल-जल जाऊँ अन्दर से
जब दिखता मंज़र सारा है
थू है मेरे घर में रहती
इक छिनाल आवारा है...

मजनू :
बस चुप हो जा तबरेज़...

तबरेज़ :
तुझे उबलती मौत उसे
ठंडी-सी मौत मैं मारूँगा
तू देख कि तेरे बाद उसे
रंडी की मौत मैं मारूँगा...
[और मजनू तबरेज में तलवार घुसेड़ता है...]
[फेड आउट]

[मुनादीवाले की एंट्री]
मुनादीवाला :
मजनू है मजनून
कि उसने किया किसी का ख़ून
कि उसको सज़ा मिलेगी...
पत्थर से मारा जाएगा
ये कहता है क़ानून
कि जब तक साँस चलेगी...
(पत्थरों की बारिश, मजनू लहूलुहान)

कोई पत्थर से न मारे...

सूत्रधार :
लैला की साँस की डोर बँधा
वो दीवाना वो मजनू है...
वो होश नहीं बेहोश बावरा
नहीं जानता वो क्यूँ है...
बेहोश उसे रहने दो...कि होश में वो आएगा...
तो नींद में उसकी लैला का वो ख़्वाब टूट जाएगा...

कोई पत्थर से ना मारे...
कोई पत्थर से ना मारे
मेरे दीवाने को...
सो भी लेने दो उस का
दर्द यही है...
सो भी लेने दो उस की
दवा यही है...
सो भी लेने दो कि वो
जाग पड़ेगा...
फिर बिलख जाएगा कि
पहलू में...
लैला नहीं है...
मौत भी घबराए मगर पास में आने को
कोई पत्थर से ना मारे
मेरे दीवाने को...
रखना सँभाल के ये पत्थर
कल को वो दिन भी आएगा...
जब पत्थर होंगे ये मकान
इन की भी होगी इक जुबान...
कि दास्तान
ए लैला-मजनू
शख़्स शख़्स दुहराएगा...
पत्थर का ढेर ये आज
ये कल का
ताजमहल कहलाएगा...
नहीं मिल पाएगा फिर
वक़्त तुम्हें
पछताने को...
कोई पत्थर से ना मारे
मेरे दीवाने को...

सूत्रधार :

अरे अब बस
गरज के लैला बोली...
ये अरज नहीं है
गरज-गरज के
लैला बोली...

लैला :

ठीक यही है शर्त अगर
मैं निकाह करूँगी आज
पर मजनू को अब्बा निकाल दो
शहर से बिन आवाज़...
जवांबख़्त को बदन दिया
पर धड़कन छोड़े जाती हूँ
रखना सँभाल के
कैस आज से ज़िन्दा भर कहलाती हूँ...
पर क़सम कि तुम बिन
जो भी मेरे बदन को छूने आएगा
हाड़-मांस के बदले में
मिट्टी का टीला पाएगा...
सुन लो आने वाले कल में ये
संसार डरा चिल्लाएगा...
जब क़ब्र हमारी फूल चढ़ाने
ख़ुदा ज़मीं पे आएगा...
जब ख़ुदा ज़मीं पे आएगा...
जब ख़ुदा ज़मीं पे आएगा...

विदाई...

अम्मी :
चूड़ी मेहँदी का लेप लगाने देती हूँ बिटिया...
सुर्ख़ भभकती माँग सजाए देती हूँ बिटिया...
मैं जानूँ मेरे दिल की धड़कन क्या गुज़रे तुझ पे
पर बेबस हूँ मजबूर बताए देती हूँ बिटिया...
इस डोली में इक सजी लाश है धीमे ले जाना...
मैं हर कहार को ये समझाये देती हूँ बिटिया

सूत्रधार :
जो नहीं चढ़ी
काँधे कहार के
फिर भी दुल्हन कहलाई
राधा मीरा की डोली है
इश्क़...इश्क़...इश्क़...

[जवांबख़्त का महल]
मैं जवांबख़्त
ये मेरा तख़्त
मेरे महलों में
हर औरत कि यूँ
ऐश से रहती है...
पर तेरी गजब जवानी है
तू हरम की मेरी रानी है
सोना चाँदी तो पानी है
मैं नहला दूँ तुझको...
कि अब ना होता इन्तज़ार
मैं बोलूँगा बस एक बार
कि आ जा मेरे पास
भींच लूँ सहला दूँ तुझको...

लैला :

अरे सुन ले मर्द...
बदन ये सर्द...
कुचल दे इस को...
न इस में जलन...
न इस में दर्द...
नोच ले इसको...
कि इसमें राख...
बढ़ा के हाथ...
उड़ा दे इसको...
कि ये मिट्टी...
कि मिट्टी में...
मिला दे इसको...

जवांबख़्त :

अरे क्या बकती है...

लैला :

कि इस में आग...
ज़रा बचना...
कहीं तू जल ना जाए...
कि ये रस्सी...
हुई जो ख़ाक...
मगर ना बल ना जाये...

जवांबख़्त :

अरे मैं शौहर हूँ तेरा
ना तेरा यार
ना तेरा छैला हूँ...

लैला :
और मैं बीवी हूँ तेरी
और अपने मजनू की मैं
लैला हूँ...

जवांबख़्त :
ये मजनू कौन है चोबदार
[घंटा बजाता है]

सूत्रधार :
ना ग़ालिब मौमिन की ज़ुबान
ना इन्सानी ये दास्तान
ऊपर से आई बोली है
इश्क़...इश्क़...इश्क़

चोबदार :
वो दूर शहर में रहता है
बस लैला लैला कहता है
पत्थर के घाव हैं ख़ून भरे
जिस में से बस ख़ूं बहता है...

जवांबख़्त :
सिपहसालार आगाह करो...
और चलने की तैयारी...
मैं देखूँ इसके यार को संग में
देखूँ इन की यारी...

लैला :
(पीठ नंगी करती है। उसमें घाव हैं।)
यारी देख के डर जाएगा

पहले यहाँ देख...
कि उसके ख़ूं से मेरा
बदन रँगा
तू जहाँ देख...

सूत्रधार :
वो खुसरो हो या बुल्लेशाह
हर शख़्स जला है ख़ामख़ाह
जिसने ये आग टटोली है
इश्क़...इश्क़...इश्क़...

[घोड़े दौड़ रहे हैं]

जवांबख़्त :
कि आता है ये जवांबख़्त
कि देखूँ मजनू तू ऊँचा
या तुझसे ऊँचा मेरा तख़्त...
ये ढाल छुरे ये तलवारें
ये बन्दूक़ों के अंगारे
मैं वक़्त झुका के आया हूँ
और लैला का तू ख़ुदी वक़्त...
अरे रो-रो कर चिल्लाएगा
अरे जवांबख़्त अरे जवांबख़्त...
बस रोक वही क्या मजनू है?

मजनू :
(पेड़ के नीचे पड़ा है, हँसता है)
लैला का मालिक होके भी तू

चिल्लाता क्यूँ है... ?
जब इश्क़ नहीं आता
आशिक़ कहलाता क्यों है ?
उसके संग शूल पिघल जाए
उसके संग भूल बदल जाए
उसके संग पापी रो देते
उसके संग कहर दहल जाए
पहलू में तेरे वो लैला
फिर तू बल खाता क्यूँ है ?
लैला का मालिक होके भी
चिल्लाता क्यूँ है ?

जवांबख़्त :
नाम ना ले उसका मैं तेरे
होंठ राख ये कर दूँगा...

मजनू :
जिस राख़ मिला लैला का नाम
मैं सर आँखों में भर लूँगा...
वो ख़ुदा की ली अंगड़ाई है
वो प्यार की एक परछाईं है
हर जंग कि जिसमें ख़ून बहा
उसके आगे शरमाई है...
जब पाप बढ़े इंसां न समझा
क्या ग़लती हो आई थी
अरे हक़ीक़त में उसको इक
लैला न मिल पाई थी...
फिर इनसां बोला माफ़ करो
पर नींद का कुछ इंसाफ़ करो

मैं रोऊँ तड़पूँ रातों में
इस गर्द धूल को साफ़ करो...
तो थपकी देने उसे हथेली
वही साथ में लाई थी...
कि नींद चलो आ जाओ
लैला ख़ुद कहने आई थी
अब आ पाई है तो उसकी
कुछ क़द्र नहीं इन्सान तुझे
तारीख़ याद कर लेना कि
न होना पड़ जाये कुरबान तुझे

सूत्रधार :
फ़ौलाद कहो तो शूल भी है
ये नरम कहो तो फूल भी है
पर बात असल में भोली है
इश्क़...इश्क़...इश्क़...

जवांबख़्त :
वो श्मशान है तेरा...

मजनू :
वो ईमान है मेरा...

जवांबख़्त :
वो क़त्लेआम है तेरा...

मजनू :
वो अंजाम है मेरा...

जवांबख़्त :
तेरी बोटी कट जाएगी...

मजनू :
उसके सदके में जाएगी...

जवांबख़्त :
तुझे मैं काट-बाँट दूँ आज...

मजनू :
मगर ये सोच काटना मुझको कि
लैला भी जाएगी साथ...

जवांबख़्त :
उसे पहरे में रक्खूँगा...
तेरी याद फटक ना पाए
कुएँ में गहरे में रक्खूँगा...

मजनू :
कितना भी गहरा खोद कुआँ
वो नहीं तुझे मिल पाएगी
मैं यहाँ छोड़ के जाऊँगा
वो वहाँ छोड़ के आएगी
ले मार...

जवांबख़्त :
मेरी कटार तैयार...

मजनू :
अरे तू मार...

जवांबख़्त :
अरे बस मौक़ा है ये निपट
आख़िरी बार...

मजनू :
अरे तू मार...

जवांबख़्त :
अरे ख़ंजर कर दूँगा पार
सोच ले फिर से तू इक बार...

मजनू :
अरे तू मार...

लैला :
(दूर से चीख़ती है)
अरे मजनू मैं हूँ तैयार...

[और मजनू में छुरा घुसेड़ता है। वो नीचे गिरता है। और लैला भी चीख़ के गिरती है।]

सूत्रधार :
ये सभी मिटा दे मिट जाए
या सभी लुटा दे लुट जाए
वरना फैलाई झोली है
इश्क़...इश्क़...इश्क़...

[फेड इन]
[क़ब्र में लैला-मजनू]

सूत्रधार :
ब्रह्मज्ञान को मानो या
गीता के ज्ञान को मानो या
बाइबल–क़ुरान को मानो या
गुरुग्रंथ महान को मानो...

तुम इस ज़ुबान को मानो या
कि उस ज़ुबान को मानो या
कोई ज़ुबान ना मानो या
सारी ज़ुबान को मानो...

लेकिन बिना प्यार के मानोगे तो
थक जाओगे यार
कि पहले इन्सानों को मानो
फिर इन्सानी ज़ुबान को मानो...
[फेड आउट]

❑❑❑